# 成长励志小故事

王语凡·编著

吉林文史出版社

图书在版编目（CIP）数据

成长励志小故事 / 王语凡编著. —长春：吉林文
史出版社，2017.5
　　ISBN 978-7-5472-4180-6

　　Ⅰ. ①成… Ⅱ. ①王… Ⅲ. ①儿童故事—作品集—世
界 Ⅳ. ①I18

中国版本图书馆CIP数据核字（2017）第107513号

## 成长励志小故事
Chengzhang Lizhi Xiaogushi

编　　著：王语凡
责任编辑：李相梅
责任校对：赵丹瑜
出版发行：吉林文史出版社（长春市人民大街4646号）
印　　刷：永清县晔盛亚胶印有限公司印刷
开　　本：720mm×1000mm　1/16
印　　张：12
字　　数：129千字
标准书号：ISBN 978-7-5472-4180-6
版　　次：2017年10月第1版
印　　次：2017年10月第1次
定　　价：35.80元

# 目 录
## CONTENTS

# 开篇语　寻找生命的正能量

著名作家毕淑敏说："当正能量能持久稳定地制造并储备起来，有效使用，就能驱散负能量的黑暗，人生不断走向精彩。"

正能量是什么？从字面上理解即一切予人向上和希望、鼓舞人不断追求，让生活变得圆满幸福的动力和感情。正能量是梦想、是坚持、是自信、是坚强、是责任、是爱心、是智慧、是勇气。是的，正能量是积极的力量，是感人的力量，是促进社会和谐的力量，是激发我们向上的力量。

寻找生命的正能量，哪怕有再多的困难。

瑞典化学家阿尔弗雷德·伯恩哈德·诺贝尔历经千难万险坚持科学研究，甚至在实验的过程中把自己炸得血肉模糊，终成一代科学伟人；英国科学家斯蒂芬·霍金，从20岁起就只能在轮椅上生活，全身从能动两根手指到只能转动眼珠，但他从未放弃对宇宙、对科学的探索……促使他们成功的，正是他们内心中那种永不放弃的正能量，才使他们摆脱了困境，战胜了自我，最终成功。

寻找生命的正能量，生活中无处不在。

航天人不懈努力，从"神一"到"神十"，一次次航天的巨大成功，令世界瞩目，圆了祖国亿万人民的航天梦，鼓舞了国人士气，为国家跻身强国之林输入了不可估量的正能量；一方有难，八方支援，雅安地震，南方洪灾，我们的军人、医务工作者、志愿者都义无反顾地奔赴现场，祖国各地的捐助纷纷运送灾区。这是我们所有人不约而同地为社会奉献了爱心，输送了善良的正能量。

寻找生命的正能量，在你内心深处滋长。

生命中的正能量源源不断，真正的意义在于自己去慢慢挖掘、发现、感悟。如果你渴望高山上那雄奇瑰丽的风景，就不要畏缩登山路上那危险的坎坷荆棘；如果你认为浩瀚的大海充满了诱惑力，就不要惧怕在航行中巨大的浪花骤然翻起。前行，就是一条艰难的路，选择了振奋也就选择了探寻；选择了宁静，也就选择了荒芜孤单。

寻找生命的正能量，用正能量浇灌心中希望的种子，就会看见一棵苍翠的大树，就会收获精彩的人生，就会拥有怒放的生命。

让我们运用正能量，打造全新的自己；让我们积聚正能量，笑对生活坎坷路；让我们制造正能量，永葆青春活力。

# 第一辑
## 经营人生离不开人生智慧

　　我们每个人都拥有智慧，但是大多数人都不知道智慧来自何处，智慧是什么。智慧并不是单纯的知识，它是一种心灵素质和运筹能力，是一种在一般人看不到智慧的地方，看出智慧灵光的能力。

　　智慧是石，敲出星星之火；智慧是火，点燃希望的灯；智慧是灯，照亮夜行的路；智慧是路，引你走向黎明；智慧是战胜困难的根本；智慧是汪洋中的航标，指明新生的希望；智慧是久旱的甘霖，滋润皲裂的心田。

　　我们每个人都拥有智慧，只是我们的智慧没有找到一个突破口，喷涌而出。真正的智慧，总要发出穿透时空的锐利光芒。

　　智慧的通达，可看透人生——这是人生透彻后的一种存智的归纳。智者在于不断超越迄今为止的"知"，在"不知"领域寻找无限的可能性。

经营人生离不开人生智慧。

智慧贯穿于人生的始终，是一种方法论，一种思维和人生的利器。智慧为我们提供正确的思考方法，告诉我们以什么为发展动力，以什么来指挥行动，告诉我们把握人生的要领。智慧的思想使人生在顺境时旗开得胜，逆境时柳暗花明。

我们的人生只有拥有了智慧，才能过上富足而又快乐的生活。所以，愿智慧成为每个人心灵世界里一条丰沛的河流吧，在它的润泽之下，我们的生命之树将不断成长，并永远的郁郁长青，花美果鲜！

# 让你的思维转个弯

从前，一位年轻人去向一位禅师学习搬山术，可是他学了好长时间，却始终无法把山移过来。百思不得其解之余，年轻人终于忍不住向禅师倾诉心中的迷惑。

禅师说："所谓搬山术，不过是将你与山的距离拉近罢了。既然无法把山移过来，那你就过去啊！"

人生之路总是风雨兼程，但是这并不应影响你的生活，即使陷入绝境，都是可以回旋的。因为所谓的绝境，不过是由于你不去寻找道路罢了。当你看到前面有堵墙的时候，别沮丧，它不是在告诉你无法前行了，而是在提醒你该转弯了。

19世纪中叶，美国加州传言发现了金矿。消息传来，许多人认为千载难逢的发财机会来了，他们纷纷奔赴加州。16岁的小农夫比尔也加入了这支庞大的淘金队伍。

淘金梦是美丽的，但是做这种梦的人太多了，并且人们还在源源不断地奔向加州，一时间加州遍地都是淘金者，如此一来，金子自然就更难淘了。

关键还不是金子难淘，而是生活越来越艰苦了。由于当地气候干燥，水源奇缺，一些淘金者不但没有圆致富梦，反而葬身异乡。

小比尔在经过一番努力后，也和大多数人一样，没有发现黄金，几乎要被饥渴折磨致死。一天，小比尔望着自己水袋中那一点点舍不得喝的水，听着周围人对缺水的抱怨，突然想：淘金的希望实在是太渺茫了，还不如卖水呢！

于是，小比尔毅然放弃了对金矿的努力，把手中挖金矿的工具变成挖水渠的工具，他从远方把河水引入水池，然后用细纱过滤后使之成为清凉可口的饮用水，再用水桶挑到山谷中，一壶一壶地卖给那些淘金的人。

当时还有人嘲笑小比尔，说他胸无大志："千里迢迢来到这里，不挖金子发大财，却做起这种蝇头小利的小买卖，做这种生意何必要跑到这里来呢？"

小比尔毫不在意，也丝毫不为之所动，依然卖他的水。到哪里找这样的好买卖啊，把几乎不需成本的水卖出去，除了此处，哪里还有这么好的市场呢？

结果，淘金者都是空手而归，比尔却在很短的时间靠卖水赚到了几千美元，这在当时可是一笔相当可观的财富。

其实，无论做什么事情都没有特定的模式。当你追求的那条道路走不通时，就不要一条道走到黑了，另辟蹊径吧，也许你也会像小比尔那样淘到真正的"黄金"。

## 最佳的路径

瓦尔特·格罗培斯是二十世纪最重要的现代设计家和建筑教育家，现代主义建筑学派的倡导人和奠基人之一。

格罗培斯大师从事建筑研究四十多年，攻克过无数建筑方面的难题，在世界各地留下了七十多处精美的杰作。然而建筑中最微不足道的一点小事——路径设计，却让他大伤脑筋。他主持设计的迪士尼乐园，经过3年的施工，马上就要对外开放了。然而各景点之间的道路该怎样连接还没有具体的方案。尽管他绞尽脑汁设计了50种方案，但没有一个方案让他满意。

格罗培斯在法国参加庆典的时候，施工部给他打来电话请他赶快决定，以便按计划竣工和开放。

接到催促电报，格罗培斯心里更加焦急。巴黎的庆典一结束，他就让司机驾车带他去了地中海海滨。他想清醒一下，争取在回国前把方案定下来。汽车在法国南部的乡间公路上奔驰，这里是法国著名的葡萄产区，漫山遍野是当地农民的葡萄园。一路上他看到人们将无数的葡萄摘下来提到路边，向过往的车辆和行人吆喝，然而很少有人停下来。

当他们的车子进入一个小山谷时，发现在那里停着许多车子。原来这儿是一个无人看管的葡萄园，你只要在路边的箱子里投入5法郎就可以摘一篮葡萄上路。据说这座葡萄园主是一位老太太，她因年迈无力料理葡萄园而想出了这个办法。起初她还担心这种办法能否卖出葡萄，谁知在这绵延百里的葡萄产区，她的葡萄总是最先卖完。她这种给人自由、任其选择的做法使大师格罗培斯深受启发，他下车摘了一篮葡萄，就让司机掉转车头，立即返回了巴黎。

回到住地，他给施工部发了一封电报：撒上草种，提前开放。施工部按要求在乐园撒了草种，没多久，小草长出来了，整个乐园的空地都被绿草覆盖。在迪士尼乐园提前开放的半年里，草地上也被游客踏出了不少宽窄不一的小路——行人多的地方就宽，行人少的地方就窄，并且非常幽雅自然。第二年，格罗培斯让人按这些踩出的痕迹铺设了人行道。格罗培斯根据这些行人踏出来的小路铺设的人行道，在后来世界各地的园林设计大师们眼中成了"幽雅自然、简捷便利、个性突出"的优秀设计。

1971年，在伦敦国际园林建筑艺术研讨会上，迪士尼乐园的路径设计被评为世界最佳设计。

当人们问格罗培斯，为什么会采取这样的方式设计迪士尼乐园的道路时，格罗培斯说了一句话："艺术是人性化的最高体现。最人性的，就是最好的。"

艺术中往往饱含着最深刻的智慧，艺术来源于生活，又高于生活。无论是什么样的艺术设计，都来源于人们对生活的领悟与思考。著名作家塞·约翰逊说："最明亮的欢乐火焰大概是由意外的火花点燃的。人生道路上不时散发出芳香的花朵，也是由偶然落下的种子自然生长出来的。"

# 给洛克菲勒的女婿找工作

美国的一个村庄里，住着一位老人和他的小儿子。

有一天，他们家里来了一个人，这个人找到那位老人说："尊敬的先生，我想把您的小儿子带到城里，并给他找一份体面的工作，您看怎样？"老人气愤地说："绝对不行，谁也别想把我的小儿子从我身边带走！你给我滚出去吧！"这个人说："如果我可以在城里给您的小儿子找一个妻子呢？"老人摇摇头说："不要再说了，你快滚出去吧！"谁知这个人丝毫没有要放弃之意，继续说道："如果我给您的小儿子找的妻子，也就是您未来的儿媳妇，是洛克菲勒的女儿呢？"老头听到这里态度缓和了很多，他最终为小儿子将要成为"洛克菲勒的女婿"而心动。

这个人从村子里走了以后，就去找美国首富石油大王洛克菲勒，对他说："尊敬的洛克菲勒先生，我想给您的女儿介绍一个对象。"洛克菲勒说："请你马上离开这里吧！"这个人继续说："如果我给您女儿介绍的年轻人，也就是您未来的女婿，是世界银行的副总裁，您认为如何呢？"洛克菲勒也为女儿即将成为"世界银行的副总裁”夫人而心动。

从洛克菲勒那里出来之后，这个人便去找世界银行总裁，他对世界银行总裁说："尊敬的总裁先生，您现在应该马上任命一位副总裁！"总裁先生连头都没有抬一下，说："不可能，我这里已经有太多副总裁了，请你给我一个再任命副总裁的理由好吗？而且还是必须'马上'！"这个人说："如果您任命的这个副总裁是洛克菲勒的女婿，您认为可以吗？"总裁先生当然同意了。

看到这里，你是否会感叹：为什么我们就想不到呢？很多在我们看来不可能的事情，却被另外一些人做到了，且做得很好。

成功只有一种，但是通向成功的路却有多条，无论你是埋头拉车还是抬头看路，都不能一味地向前，而是要尝试着换一个角度去解决问题。即使你有再多事情要做，也不要忘记给自己挤出一点时间来思考。这样，你就总能走在别人的前边。

# 用笑话来赚钱

每一个人都希望自己能够成功，但是，多数人又一直在忙忙碌碌地做着普通人做的事情，始终不去尝试改变处境的方法。就这样，他们在沉湎中逐渐丧失创造性。就算又有了要去创造财富的想法，也不易再找到出路，因为创造性思维的匮乏使他们的想法总是停留在一个表象的世界里。

在巴西的里约热内卢，有一个名叫布拉沃的年轻人，他的奇思妙想总是层出不穷。

一天，布拉沃去剧院观看纽约来的喜剧明星演出的幽默节目。当时，那个演员先讲了一个笑话，他的语言天赋再配上滑稽的表演，使台下观众笑得前仰后合。直到演出结束，众人散场，观众还在回味着那个令人开怀大笑的笑话以及滑稽的表演。

布拉沃同众人一样，也沉浸在对那个精彩节目的回味中。他觉得那个节目实在有趣，便反复琢磨这件事。他想，里约热内卢的人们一向以幽默著称，他们会幽默、懂幽默、喜欢幽默和情趣，假如可以用那些"笑话"来赚钱，即把笑话作为"商品"来卖，或许是个不错的主意。

有了这个念头后，布拉沃立即付诸行动。在进行了一番周详地调查分析后，他决定开展一项新的独一无二的业务，那就是创立一家笑话公司。经营方式就是通过电话服务的方式来为那些喜欢笑话的人提供他们所需的各种笑话。

于是，他想尽一切办法，搜集到世界各国出版的几百册笑话选集，并从中精心挑选出成千上万则精彩的笑话，然后按照不同的年龄段、不同的职业等各种类型人的口味来进行分类，并特意聘请滑稽演员来把这些笑话录制下来。

最后一项工作是在电话上增设一个特制系统，备有专用电话号码，笑话爱好者只需拨打这个专用号码，就能听到那些令人捧腹的笑话。

当然了，用户每拨打一次就需要交付相应的费用。结果，布拉沃的这个独辟蹊径的业务一开张，就被广大听众所推崇，布拉沃本人也因此获得了巨额收入。当然了，布拉沃并没有满足于眼前这一点小成就，他又有了更好的想法。他开始积极拓展自己的业务，使得自己的笑话公司从最初的里约热内卢一个州拓展到整个巴西，分部数不胜数。短短几年时间，布拉沃的利润便达到了3000万美元。

对于每个人而言，追求成功的过程就像是在读一本晦涩的书，不同的是普通人读不懂，而那些有着卓越思维素质的人却读懂了。于是，那些具有卓越思想的人便避开了"千军万马过独木桥"的竞争漩涡，他们不像大多数人那样追逐人们都感兴趣的某一件事情，而是把眼光瞄向市场的空缺所在，并紧紧抓住有利时机，从而独树一帜。因此，这种另辟蹊径的人总是能从"狼烟四起"的竞争中寻求到属于自己的那一片天空。

　　一个好点子孕育着无限的商机。多运用自己的智慧吧，当你以一种另辟蹊径的方式来对待你所面对的问题时，你可能就会成为那为数不多的成功者中的一员。

# 把你的思维扩展1毫米

　　运用智慧，听起来好像是一件简单的事，但是真正能做到善于运用并成功地运用智慧，却不是一件容易的事。

　　有一家颇有名气的牙膏公司，业绩一直很好。但是近几年来，销售业绩却一直停滞不前。董事会召集公司领导层开会，商讨对策。会议中，总裁问大家有没有什么好的建议，能提高销售业绩，会场内一片沉默，连根针掉地上都能听得见。

　　这时，一个非常年轻的经理站了起来，他递给总裁一张折叠得非常工整的纸条，说："总裁先生，这里面有一个建议，希望您一定要采用。如果您不采用这个建议，损失的不仅仅是这个创意的价值，还有几千万美金的营业额。"

　　总裁看着年轻人，笑笑说："年轻人，这事关公司的命运，我不能仅凭你的一句话就把企业的未来都押在你的身上，还是先让我来看看你的建议到底是什么再决定吧。"

　　总裁接过那张纸条，只匆匆看了一眼，就立刻签了一张5万美元的支票奖励给这个年轻的经理。

原来，那张纸条上只写了一句话："将目前的牙膏开口直径扩大1毫米。"

这个新的举措，让公司的本年度营业额增加了32%。

1毫米，这就是智慧的通道。

我们再来看看另一个有关牙膏的故事：云南白药牙膏诞生后，却碰到两个问题。第一个，往哪里卖？牙膏市场已相对饱和，市场份额被各个成熟的品牌分割完毕，云南白药牙膏能不能卖得动？第二个，因为加了白药，牙膏的售价定在20元以上，这样的价格，消费者能不能接受？

高昂的价格，没有自己的日用品销售渠道，派出去的销售团队，在路演试销时，有的小组竟然忙活了一下午没有卖出一支牙膏。被逼无奈，集团想到了自己的销售终端：药房。为什么不把牙膏放到药店里去卖呢？

药店卖牙膏，有可能牙膏卖不出去，还拖垮药店。但没想到的是，消费者觉得，云南白药作为伤科圣药疗效好，云南白药牙膏也应该不逊色。这样，云南白药牙膏一下就把自己和普通牙膏区别开来，与独特、高端和疗效连在了一起。

云南白药牙膏首先把产品铺在药店，看似站错了队，但其产品的医药成分却阴差阳错地树起了它的形象。剑走偏锋，打破陈规的销售思路，尽管是被逼的，依然是它的成功要素之一。

其实人生也是如此，当我们的事业遇到瓶颈的时候，是否想过：打开心窗，哪怕只有1毫米。记住，心有多大，世界就有多大。

当我们和别人处在同一起跑线上竞争的时候，或许最终让我们脱颖而出的就是那1毫米的智慧。

善于运用智慧，打破惯有的思维模式，勇于创新，在不经意之间我们离成功就会更进一步。

# 把汉堡包卖给全世界

在美国有一个叫克洛克的企业家，被誉为饮食业大王，因其卓越的成就常与石油大王洛克菲勒、钢铁大王卡内基、汽车大王福特相提并论。克洛克凭借其聪明的才智，缔造了当今世界最大的餐饮王国——麦当劳。

如今，大街小巷的麦当劳那个黄色的M字招牌已经成为汉堡的代表符号。事实上，这个M字也的确是一条跨海、跨国的"黄金拱桥"。

克洛克的青年时代正赶上美国的经济萧条，克洛克虽有满腔抱负却没有施展的机会。1954年，当他遇到麦当劳兄弟时，他的财富帝国便开始悄然建立了。

当时，麦当劳兄弟俩开了一间非常小的餐饮店，用流水作业的方式售卖三种受欢迎而又易于制作的食品：汉堡包、薯条和汽水。在当时，这个经营理念本身就是一个突破性的创意。他们最初的快餐店雏形，面积非常小，连桌椅都没有，客人买了就走。麦当劳兄弟出售的汉堡包，物美价廉，非常受欢迎。没过多久，他们的"麦当劳兄弟汉堡包店"就做出了名堂，开了四五家分店。

麦当劳兄弟采用将所有分店统一经营的方法，采用相同的外卖经营方式。汉堡包的面包、肉、配料，全部由总部统一采购，而各分店的财务全部由麦当劳兄弟掌握。他们以这种破天荒的连锁店方式经营餐饮业，成本低利润高，让麦当劳兄弟赚了大钱。

当克洛克接触到麦当劳兄弟的店铺时，眼睛当时就是一亮，这个金矿的发现让他欣喜若狂，思如泉涌，他的想象力如天马行空般无法停下来。克洛克在自己的自传中写道："在我的脑海里，我仿佛见到了无数的麦当劳餐厅在全国各地的公路上耸立。"

克洛克是一个务实的行动家。他通过不断地接触、游说麦当劳兄弟，最终说服他们以合作的形式，协助他们将麦当劳的连锁店开遍全国。麦当劳兄弟答应了，克洛克的梦想也在一步一步地变成现实。不久，克洛克取得了麦当劳的经营权。

克洛克将自己的智慧发挥到了极致，他凭借敏锐的判断看出了这种连锁店的经营模式前途无量，他的梦想比麦当劳兄弟更大，计划也更周详。首先，他把麦当劳的经营方式由街边客人买了就走的形式改为汽车餐饮店，店的周围开辟了停车场，顾客可以直接驾车驶入，点购所需的食物，坐在车里食用。这个创新的构思，随着汽车的普及，极受消费者的欢迎。

当麦当劳连锁店越开越多的时候，克洛克发现现有的经营方式已经不能满足现实的需要了，只有采取分区经营的方式才能有效地提高管理效率。他把所有麦当劳的连锁店按照区域划分，把经营权下放，总部只是定期地派出稽查员去调查这些店的经营状况。他还把分店经营的模式改为授权加盟的方式：所有有意经营麦当劳的连锁店的人，必须参加经理培训班，并签约保证内部装修、经营方式，甚至原料来源，必须遵循总公司的要求。通过这次改革，麦当劳吸引了大批的创业者。于是，麦当劳便如雨后春笋般在美国各地迅速兴起。

成功的机遇对于每一个人都是一样的，只有善于、乐于思考的人，才能够最终取得成功。可以说，积极的思考是成功的基础，只有积极的思考才能够升华生命的意义，享受运用智慧的快乐，才能收获梦想的果实。

# 踩出自己的脚印

1899年，爱因斯坦在瑞士苏黎世联邦工业大学就读时，他的导师是数学家明可夫斯基。由于爱因斯坦肯动脑、爱思考，深得明可夫斯基的赏识。师徒二人经常在一起探讨科学、哲学和人生。

有一次，爱因斯坦突发奇想，问明可夫斯基："一个人，比如我吧，究竟怎样才能在科学领域、在人生道路上，留下自己的闪光足迹、做出自己的杰出贡献呢？"

一向才思敏捷的明可夫斯基却被问住了，直到三天后，他才兴冲冲地找到爱因斯坦，非常兴奋地说："你那天提的问题，我终于有了答案！"

"什么答案？"爱因斯坦迫不及待地抱住老师的胳膊，"快告诉我呀！"

明可夫斯基笑而不语，而是带着爱因斯坦朝一个建筑工地走去，并且径直踏上建筑工人刚刚铺平的水泥地面。在建筑工人的呵斥声中，爱因斯坦被导师弄得一头雾水，非常不解地问明可夫斯基，"老师，您这不是领我误入歧途吗？"

"对，对，歧途！"明可夫斯基不顾别人的指责，非常专注地说，"看到了吧？只有这样的'歧途'，才能留下足迹！"然后，他又解释说："只有新的领域，只有尚未凝固的地方，才能留下深深的脚印。那些凝固很久的老地面，那些被无数人、无数脚步涉足的地方，别想再踩出脚印来……"

听到这里，爱因斯坦沉思良久，非常感激地对明可夫斯基说："老师，我明白您的意思了！"

从此，一种非常强烈的创新和开拓意识，开始主导着爱因斯坦的思维和行动。他曾经说过这样的话："我从来不记忆和思考词典、手册里的东西，我的脑袋只用来记忆和思考那些还没载入书本的东西。"

众所周知，爱因斯坦后来终于在人生道路上留下了自己的闪光足迹：他作为伯尔尼专利局里默默无闻的小职员，利用业余时间进行科学研究，在物理学三个未知领域里，齐头并进，大胆而果断地挑战并突破了牛顿力学。在他刚刚26岁的时候，就提出并创立了狭义相对论，开创了物理学的新纪元，成为现代物理学奠基人。1921年获诺贝尔物理学奖，被誉为"世纪伟人"，为人类做出了卓越的贡献。

对于自己的成就，爱因斯坦曾多次提到明可夫斯基的那一段话，表示了无限的敬意，并意味深长地说："如果一生都只在模仿前人，那么我们就不会有科学，也不会有技术，进步与发展根本无从谈起。"

那段尚未凝固的水泥路面，激发了爱因斯坦的创新和探索精神。其实，在人类社会和现实生活的各个领域，都有各式各样的"尚未凝固的水泥路面"，等待着人们踩出新的脚印，踏上新的征程。法国作家司汤达说过："一个具有天才禀赋的人，绝不会遵循常人的思维途径。"其实，唯有敢于推陈出新，另辟蹊径，才能让你与众不同，闯出属于自己的一片天。

# 突破你的思维定式

有这么一则关于思维定式的笑话，说的是一位警察去打猎，他隐蔽好后，忽然看到草丛中蹿出一只野兔，于是这位警察马上跳出来，朝天开了一枪，并大声喊道："不许动，我是警察！"

一位年轻人正在火车上观望沿途的风景。途经一片荒无人烟的山野时，包括年轻人在内的多数旅客都百无聊赖地望着窗外。

行至一个拐弯处时，火车开始减速，一座简陋的平房缓缓地进入年轻人的视野。与此同时，几乎所有乘客都睁大眼睛来"欣赏"这寂寞旅途中的独特景色，甚至有不少乘客开始议论起这座房子。年轻人没有参与议论，但是听了别人的议论后，他的心为之一动。几天后返回时，这位年轻人中途下了车，他不辞辛劳地找到当时看到的那座平房。主人说，这里每天都有火车驶过，"隆隆"声震耳欲聋，他们实在受不了这噪音了，一直都想将这房子低价卖掉，但是却始终无人问津。

年轻人告诉房主说他愿意将房子买下来。于是，几天后，年轻人用3万美元买下了那座平房，他认为这房子其实是块宝。因为这座平房正好处在转弯处，火车每次行驶至此处必然要减速，百无聊赖的乘客们一看到这座房子精神就会为之一振，所有的目光都聚焦在这座平房上，所有的谈资也都围绕着这座平房展开。因此，在这里做广告是再好不过的了。于是，一买下这座房子，年轻人就赶忙去联系一些大公司，向他们推荐房屋的正面是一面极好的"广告墙"。虽然也不少碰壁，但是功夫不负有心人，年轻人的推荐终于被可口可乐公司接纳了，租赁合同签了下来，在三年租期内，可口可乐公司支付给年轻人18万美元的租金……

　　如果是你看到这座房屋，你会想到什么呢？是否也像车厢中的其他多数乘客那样眼前一亮然后议论纷纷，并最终停止下来再继续自己的事情？如果你是房子的主人，你是否也像那个房主那样只知道这座房子的位置太差，因难以忍受火车的噪音而急于低价出售呢？不要做这样的人，故事中的年轻人给了我们启示，突破人们的思维常规，拿出出奇的经营招数，便能赢得出奇的效果。

　　古往今来的每一项伟大的创造以及天才的发现，都是从突破思维定式开始的。因此说，善于创新，不被条条框框所限制，方为成功之所在，而固执于原有的思维，过分依靠原有的优势和经验，则是成功之大忌。

# 第二辑
## 把内心变成天堂

　　每个人都希望自己呱呱坠地之后，可以永远快乐、幸福。但是，人生就像一次冒险，不可能一帆风顺，有灿烂的阳光，也一定会有阴云密布。在生活的道路上，我们随时都有可能深陷泥沼，遇到许许多多的挫折。唯有坚强才能战胜挫折与困难。

　　纵观古今，从伟人到百姓都用他们的坚强使自己在命运面前最终成为胜利者。

　　越王勾践一度被吴王夫差踩在脚下，面对亡国之耻他忍辱负重，卧薪尝胆，时时砥砺坚强的复国之志。最终，他依靠坚强打败了夫差。一个君王，通过磨砺坚强意志最终复国，正因为有了这种高尚的品质，才得以撑起天下，才能为国为民谋福。

　　苏联作家奥斯特洛夫斯基在战争中受伤导致双目失明，全身瘫痪，他本已放弃了生的念头，却因为坚强，开始了新的征程，投入于文学创作中，写成了激励一代又一代人的伟大著作《钢铁是怎样炼成的》，他启示我们要坚强、振作，要不断克服在人生旅途中所遇到的艰难困苦。

在四川汶川特大地震中，一个17岁的女孩马小凤在废墟中没有慌乱，冷静地采取自救措施，并不断提醒周围的同学要相互鼓励、要坚持，千万不能睡着。经过近75个小时的等待，他们获救了。在突发的灾难面前，他们没有放弃，没有被挫折所压倒，而是靠着那股顽强抗争的意志品质，赢得了生的希望。

事实证明，一个人能否取得事业上的成功，并不完全取决于其智力的高低和客观环境的好坏，而常常取决于坚强。养成好的行为举止，需要坚强的意志；走出失败的阴影，需要坚强的意志；成就一番事业，需要坚强的意志。

让我们为坚强喝彩！

# 凝固的微笑

非洲的一座火山爆发后，随之而来的泥石流狂泻而下，迅速流向坐落在山脚下不远处的一个小村庄，农舍、良田、树木，一切的一切都没有躲过被毁的劫难。滚滚而来的泥石流惊醒了睡梦中的一位14岁的小女孩。流进屋内的泥石流已上升到她的颈部。小女孩只露出双臂、颈和头部。及时赶来的营救人员围着她一筹莫展。因为对于遍体鳞伤的她来讲，每一次拉扯无疑是一种更大的肉体伤害。此刻房屋早已倒塌，她的双亲也被泥石流夺去了生命，她是村里为数不多的幸存者之一。当记者把摄像机对准她时，她始终没叫一个"疼"字，而是咬着牙微笑着，不停地向营救人员挥手致谢，两手臂做出表示胜利的"V"字形。她坚信政府派来的救援部队一定能救她。可是营救人员最终也没能从固若金汤的泥石流中救出她。而她始终微笑着挥着手，直到一点一点地被泥石流所淹没。在生命的最后一刻，她脸上没有一点痛苦失望的表情，反而洋溢着微笑，而且手臂一直保持着"V"字形状。那一刻仿佛延伸一个世纪，在场的人含泪目睹了这庄严而又悲惨的一幕，心里都充满了悲伤。

没有什么东西能比一个阳光灿烂的微笑更能打动人心的了。

　　微笑有着神奇的魔力，她能够化解人与人之间的坚冰；微笑也是你身心健康和家庭幸福的标志。

　　无论你在什么地方，无论你在做什么，在人与人之间，微笑是一种通用的语言，她能够消除人与人之间的隔阂。人与人之间的最短距离是一个可以分享的微笑，即使是你一个人微笑，也可以使你和自己的心灵进行交流和抚慰。

　　一旦你学会了阳光灿烂的微笑，你就会发现，你的生活从此就会变得更加轻松，而人们也喜欢享受你那阳光灿烂的微笑。

　　在人生的道路上挫折、困难甚至绝境是避免不了的，最重要的是要坦然面对，自信自强，让灵魂始终微笑，高举那面叫作自信的胜利之旗。因为穿透灵魂的微笑，常常在生命边缘蕴含着震撼世界的力量，让人生所有的苦难如轻烟一般飘散。

# 你就是自己的上帝

　　1967年夏天，美国跳水运动员乔尼在一次跳水事故中身负重伤，除脖子以外全身瘫痪。乔尼哭了，她躺在床上辗转反侧，无论如何都无法摆脱那场噩梦：为什么跳板会滑？为什么恰好在我跳下的时候？乔尼绝望过，也曾想过自杀，但是经过冷静地思考，她更深刻地体会到了人生的意义和生命的价值。于是，她借了许多残疾人如何成功的书籍，一本一本认真地读了起来。由于全身瘫痪，她只能用嘴衔根小竹片去翻书，劳累、伤痛迫使她常常停下来。但是她并没有放弃，休息一会，就会又继续读下去。

　　通过大量的阅读，乔尼领悟到：我的身体是不能动了，但很多像我一样的人，经过不懈的努力，却在另外的道路上获得了成功，他们有的成了作家，有的成了音乐家，我也一样可以。于是，她想起了自己从小就喜欢的绘画。我为什么不能在绘画方面有所成就呢？这位纤弱的姑娘变得坚强、自信起来。她捡起了小时候用过的画笔，用嘴咬着练习了起来。

　　这是一个极其艰辛的过程。乔尼的家人怕她不成功而更加伤心，纷纷劝她："乔尼，别那么固执了，用嘴绘画怎么会成功呢，我们会照顾你的。"家人的话不仅没有打消乔尼的决心，反而让她鼓起了更大的勇气，我绝对不能让家人照顾我一辈子的。乔尼画得更加刻苦了，常常累得头晕目眩，汗水把双眼浸得咸咸的痛痛的，甚至有些时候把画纸都浸湿了。

为了在画技上有更大的提高，她还常常独自乘车去拜访知名的绘画大师。她的付出没有白费，经过几年的不懈努力，她的一副风景油画在一次画展上受到了一致的好评。

然而，乔尼并没有满足于在绘画方面所取得的成绩，她把目光投向了另一个领域：文学。曾经有一家刊物向她约稿，要她谈谈自己学习绘画的经过和感受，她几乎绞尽了脑汁，稿子还是没有写成。这件事对她的打击太大了，乔尼深深地感到自己写作水平差，因此她下决心努力学习，提高自己的写作水平。

这是一条充满荆棘的路，就像当年那条通往跳水冠军的路一样，但是文学那熠熠生辉的桂冠仿佛就在前方向她招手，等待她去摘取。这是一个美丽的梦想，但是乔尼要实现这个梦想。经过多年的刻苦学习，乔尼用自己的执着、汗水实现了这个美丽的梦。

1976年，她的自传《乔尼》出版了，轰动了当时的文坛。两年之后，她的另一本书《再前进一步》问世了，该书以她的亲身经历告诉残疾人朋友，应该怎样战胜病痛，像其他的健全人一样成功。后来，这本书被搬上了银幕，影片的主角由她自己扮演，她成了青年们的偶像，成了无数青年自强不息、奋发进取的榜样。

这个世界上，曾经有很多人在绝境中奋起，最终走出了困境。绝境中真正能帮助到你的人其实就是你自己。

# 上帝只是为我蒙上了一只眼睛

16岁常被形容为花季，可是，对于英国少年布朗来说，16岁那年的遭遇留给他的却是一个沉重的打击。

在一场普通的橄榄球比赛中，布朗不慎被人踢中头部，导致左眼视网膜脱落，左眼完全失明。同时，又因视网膜脱落手术，他的右眼视力受到牵连，只剩30%的视力。

本来心高气盛的布朗打算高中毕业后，继续到大学深造，以实现自己的梦想。这突如其来的打击却让布朗心灰意冷，常常怨天尤人，甚至因为自身的缺陷，布朗有时候觉得无颜见人，常常郁郁寡欢，独自躲在屋子里，整天都不出门。

布朗的家人和朋友都非常担心他的状况，希望他能早日走出这次打击。这一年，从小和布朗一起长大的表哥约翰从大学回家休假，家人都希望约翰能帮助布朗走出困境。这天，约翰找到已经取下蒙在眼睛上的绷带的布朗，欢天喜地地塞给他一把手枪和六发子弹。布朗有些惊奇，小心翼翼地抚摸着手枪，问："这是真枪吗？"约翰拍着弟弟的肩膀，说："当然！我们到户外进行实弹射击，玩个痛快！"

布朗本来不想出去，但是实弹射击的吸引力还是让他最终和哥哥一起出了门。他们来到屋后的小山坡，将目标定在20米开外的一棵橄榄树。约翰率先举枪，眯起左眼瞄准，却连开三枪都没有命中目标，只好把枪交给布朗。布朗前两发子弹也射偏了，有些沮丧，约翰在一旁鼓励："没事，还有一发呢！"这一次，布朗屏气凝神，果然击中了目标。

约翰欢呼着抱住了弟弟，兴奋地说："刚才我努力闭紧左眼，但很吃力，没能瞄准。你比我有优势，因为上帝替你蒙上了左眼，你可以心无旁骛，专心瞄准目标！"

哥哥假装无心所说的话，却深深打动了布朗。布朗经过一夜的思考，第二天，就又回到了学校。

也就是在16岁这一年，布朗以全优成绩考入苏格兰著名学府爱丁堡大学学习苏格兰劳工史，成为该校当时年龄最小的大学生，并获得了奖学金，而且最终以第一名的成绩获得该校经济学博士学位。24岁时，布朗发表了自己所著的《苏格兰红皮书》，俨然以英国首相的口吻对苏格兰的状况进行分析。

这位热心政治的青年，积极参与各种社团活动，难免会有一些人反对他。他的对手们常常针对他的盲眼嘲笑他、攻击他，但他总记得哥哥当年的鼓励。在许多次演讲中，布朗激昂而自豪地宣称："我的左眼是上帝为我蒙上的，就是希望我能专注于我毕生的事业，专注于我的目标！"

2007年6月24日，他当选为公党领袖。三天后，他接任布莱尔，成为英国历史上第52位首相。

　　有人说，如果你看到面前的阴影，别怕，那是因为你的背后有阳光！生活中处处有阴影也有坎坷，生活在阴影中并不可怕，只要你有转身的勇气，迎接你的依然是明媚的阳光。

# 梦想有多高，就可以飞多高

1983年的一天，在美国亚利桑那州图森市的一家医院里，一个女婴呱呱坠地。令她的父母异常惊愕的是，女婴居然一出生就没有双臂，连医生也无法解释这个奇怪的现象。

在父母的疼爱下，女婴一天天长大，长成了一个可爱的小女孩。

一天，站在阳台上的女孩看到与自己同龄的一群孩子正张开臂膀，在阳光下欢快地奔跑着追逐翩翩起舞的蝴蝶时，女孩十分伤心地向母亲哭诉命运的不公，埋怨上帝竟然不肯赠给她拥抱世界的双臂。

母亲平静地安慰她："孩子，上帝的确有些偏心，但上帝是要送给你更多的梦想，要让你用行动去告诉人们——即使没有翅膀，也可以高高地飞翔；没有修长的十指，也可以弹奏出美妙的琴声，写出漂亮的文章……"

"我真的能做到那些吗？"女孩仰起头来。

"只要你肯努力，就能做得到，只要你梦想的翅膀没有折断，你就一定能飞得很高很高。"母亲温柔的目光里充满了不容置疑的坚定。

女孩相信了母亲的话，目光凝视着自己那双看似普通的脚，心中暗暗告诉自己：我有一双非凡的脚，不只是用来奔跑的，还是用来飞翔的。

此后，在父母的指导、帮助下，女孩开始有计划地锻炼自己双脚的柔韧性、灵活度和力量。怀揣梦想的她克服了人们难以想象的困难，经历了谁都无法数得清的失败。终于，在人们的惊讶声中，她练出了一双异常自由灵活的脚——她不仅可以用双脚吃饭、穿衣，做到生活自理，还学会了用脚弹琴、写字、操作电脑……她用双脚做到了常人用手所能做到的一切。

女孩在继续创造奇迹，她学习刻苦，从小学到中学，她的学习成绩始终名列前茅，老师和同学们都十分钦佩她的坚毅和自强。当她拿到心理学专业的学士学位证书时，他们一家人幸福地拥抱在了一起。

女孩的梦想还在不停地放飞着，她又走进了汽车驾驶学校。在教练员惊讶的关注中，她很快便掌握了驾车的各项技术，通过了近乎苛刻的各项考试，顺利地拿到了驾照，开始用双脚娴熟地驾车……

接下来，女孩要去圆自己心中埋藏已久的梦想了——她要亲自驾驶飞机，拥抱苍穹。

曾经培养出许多飞行员的著名教练特拉威克一看到这个亲自驾车来报名的女孩，就知道她一定能飞上蓝天，就像一只矫健的雄鹰那样，不仅仅因为她那娴熟的驾车技术，还因为她目光中流露出的从容、淡定与果敢。

果然，女孩在学习驾驶飞机的时候，丝毫不逊色于那些身体健全的飞行员，她一只脚操纵着控制板，另一只脚操纵着驾驶杆，滑行、拉起、升空……她冷静沉着，每一个动作都十分准确到位，表现比不少学员都出色。教练特拉威克后来回忆说："事实证明，她是一位优秀的飞行员，她驾驶飞机时非常冷静、镇定。一旦你和她在一起待上20分钟，你甚至就会忘掉她没有双臂的事实。她向人们展示，人们可以克服所有的限制，她真是太令人难以置信了。"

25岁的女孩如愿地拿到了轻型运动飞机的驾照，成为美国历史上第一个只用双脚驾驶飞机的合法飞行员，开创了飞行史上的先例。

如今，她已是美国家喻户晓的英雄，她靠双脚生活和奋斗的感人故事，给世人带来了巨大的心灵震撼和精神鼓舞，她说得最多的一句话是："你的梦想有多高，你就可以飞多高。"

人生，总会有挫折和失败，如何面对，对每一个人都是一种考验。你可以颓废，你也可以坚强。唯有坚强，你才能站起来，才能彰显生命的价值。

# 用一根手指建成的大桥

在美国的曼哈岛和布鲁克林区之间，有一座跨越东河的悬索大桥，叫布鲁克林大桥。你可能想不到，这座全长1834米，被称为世界"第八大奇迹"的宏伟建筑，却是一位伟大的残疾人建筑师用一根手指指挥建成的。

19世纪中叶，纽约市政府就计划在曼哈顿与布鲁克林之间修建一座横跨两地的大桥。这项计划很快得到了实施，移民美国的德国工程师约翰·奥古斯都·罗布林成为修建大桥的总工程师。按照他的设计，布鲁克林大桥全长1800多米，建造周期为14年。

然而，就在所有的前期准备工作都已完成，大桥即将动工的前夕，罗布林突患破伤风。为了争取大桥早日动工，罗布林一心扑在工作上，拒绝接受医生的治疗。就在大桥开工三个月后，罗布林离开了人世。临终前，罗布林将32岁的儿子华盛顿·罗布林叫到床前，叮嘱他一定要完成自己没有实现的心愿，华盛顿·罗布林流着眼泪答应了自己的父亲。于是，年轻的华盛顿·罗布林从父亲手里接过了总工程师一职。

担此重任后，华盛顿每天都亲临现场，和工人们一起施工。由于长时间的水下浸泡，使得华盛顿患上严重的"潜水员病"，这是一种会使人失去活动能力的慢性病。虽然身患重病，但华盛顿·罗布林和他的父亲一样，没有住进医院，而是坚持在工地上指挥施工。当布鲁克林大桥的两个桥桩都建完的时候，华盛顿的病情已严重恶化，最后全身瘫痪，无法现场指挥施工。

这时，几乎每一个人都认为这座伟大的建筑一定无法继续完成了。但是，在顽强的意志支撑下，华盛顿决心要完成父亲的心愿。躺在病床上，他用唯一能动的一根食指敲击妻子爱密莉的手臂，通过这种特别的方式，由妻子把设计图传达给仍在建桥的工程师们。每天，他都要坚持坐在家中的窗台前，通过望远镜监督桥梁建筑的进度。虽然每次他都痛得大汗淋漓，但这种特别的遥控指挥却从未间断过。

13年后的1983年，华盛顿·罗布林终于用一根手指指挥建成了一座富丽典雅的布鲁克林大桥。大桥的建成，不仅是"工业革命时代的建筑工程奇迹"，更是建筑师华盛顿·罗布林的一个奇迹。因为13年来，华盛顿·罗布林用唯一能动的一根食指，敲击妻子的手臂达一亿次之多。为此，美国近代著名诗人哈特·克雷恩专门为这座伟大的建筑和这个伟大的建筑师写了一首长诗，诗名就叫《桥》。

在这个世界上，除非你自己放弃，否则没有什么困难可以打垮你。当你在艰难的境地里依然一往无前的时候，哪怕你只有唯一一根可以活动的手指，只要你持之以恒地用它去敲击成功之门，终有一天，你会敲开那扇原本虚掩的门。

# 用坚持的力量创造奇迹

　　想象一下，世界上最贵的剃须刀片价值几何？是英国雕刻家格雷厄姆·肖特卖出的刀片，4.75万英镑，折合人民币近50万元。这枚世界上独一无二的刀片，其独特在于，刀锋上刻着一行字，需要用400倍显微镜才能看清：一切皆有可能。

　　简简单单的一行英文字母，肖特却经历了无数次失败。刀片的刀锋，可以想象有多小多薄多脆。即使磕上个小石子，也有可能把刀片磕断或刀锋爆出个大口子，何况是精钢制成的雕刻刀。由于过于微小，注意力要高度集中，外界的一点声响，都可能极大地影响雕刻，甚至自身的呼吸，如果急促或节奏紊乱，都会使雕刻根本无法进行。但是，肖特没有放弃，而是每天坚持在夜深人静的时候，先静坐一个半小时，调整自己的呼吸和精神状态，达到平静的极点才动刀。经过7个月的雕刻，刻断150个刀片之后，终于成功。

　　与其说是肖特雕刻技术的高超成就了这枚绝无仅有的刀片，不如说是他的坚持创造了奇迹。

　　肖特的例子绝不是特例。你见过3个手指的钢琴演奏家吗？香港的黄爱恩就是。

出生时，黄爱恩就双手变形黏连。经过多次复杂的割离手术，黄爱恩终于拥有了3个手指。如果普通人，3个手指，只要能活下去，活得好一点，就不错了，大概做梦都不会想到要去弹钢琴。

黄爱恩偏偏爱上了钢琴，偏偏就一门心思去练习。有人做过统计，要成为一名钢琴演奏师，至少要练习2万个小时。但对于只有3个手指的黄爱恩，其练习时间则要高出常人4—5倍。为了克服手指不够用的难题，她还很聪明地左右手"借用"手指来演奏，而这种"借用"，无人能教，只能靠一遍一遍摸索、尝试，寻找规律。是坚持创造了奇迹，成年的黄爱恩实现了做一名钢琴师的心愿，同时，她还获得了民族音乐博士学位。

美国有一个普通的老妇人，也用坚持创造了奇迹。她在报上看到有园艺公司重金悬赏征集纯白金盏花，便开始行动。家人都反对，理由很简单，多少园艺师、专家、园艺机构都没有培育成功，她怎么可能成功？

老太太不理会。第一年，她种下一片金盏花，把颜色最淡的那颗的种子留下来。第二年，她把去年留下的种子种下去，开花后又留下颜色最淡的那颗。就这样，她坚持了整整20年，终于培育出了纯白金盏花。

她的坚持，创造出的不仅仅是纯白金盏花，更是一个方法：普通人如何做出在人们印象中只有杰出的人才能成功的事。

我们通常说，成功——汗水很重要，灵感很重要，天赋很重要。但是坚持，才能让汗水化量变为质变，才能让灵感有迸发的那一刻，才能让天赋有足够的时间去挖掘深埋地底的黄金。请相信：坚持才能创造奇迹。

# 敲开每一扇门

　　著名的推销商比尔·波特在刚刚从事推销业时屡受挫折，但他还是坚持了下来，硬是一家一家地走下去，终于成为了一名成功的推销商。如今的他，成了怀特金斯公司的招牌。比尔·波特说：决定你在生活中要做的事情，要看到积极的一面，没有实现它之前要永远地勤奋下去。

　　比尔出生时因为难产导致大脑患上了神经系统瘫痪症，这严重影响了比尔说话、行走和对肢体的控制。福利机关也将他定为"不适于被雇用的人"，专家们则说他永远不能工作。可是比尔在妈妈的鼓励下，开始从事推销员的工作。他从来没有将自己看作是"残疾人"。虽然一开始时找了好几家公司都被拒绝，但比尔坚持下来，最后怀特金斯公司很不情愿地接受了他。

　　在比尔第一次上门推销时，反复犹豫了四次，最终才鼓足了勇气按响了门铃。开门的人对比尔推销的产品并不感兴趣。比尔接着敲开第二家、第三家。比尔的生活习惯让他始终把注意力放在寻求更强大的生存技巧上，所以即使顾客对产品不感兴趣，他也不会灰心丧气，而是一遍一遍地继续去敲开其他人的家门，直到找到对产品感兴趣的顾客。三个月的时间，比尔敲遍了这个地区的所有家门。当他做成每一笔交易时，还是顾客帮助他填写的订单，因为比尔的手几乎拿不住笔。

每隔几个星期，他就要打印出订货顾客的清单。由于只有一个手指能用，这项简单的工作要用去他10个小时的时间。深夜，他通常将闹钟定在4点45分，以便早点起床开始第二天的工作。就这样，靠着积极乐观的人生态度，他已经走过了38个年头，他每天几乎重复着同样的路线，去从事推销工作。不论刮风还是下雨，他都背着沉重的样品包，四处奔波，那只残障的右胳膊则蜷缩在身体后面。出门14个小时后，比尔会筋疲力尽地回到家中，此时关节疼痛，而且偏头痛还会时常折磨着他，但是他一点也不后悔。

一年年过去，比尔所负责地区的家门一次次地被他敲开，他的销售额也随之增加了。最终在第二十四个年头，在他上百万次敲开一扇又一扇的家门之后，他成了怀特金斯公司在西部地区销售额最高的推销员，同时也是推销技巧最好的推销员。怀特金斯公司对比尔的勇气和杰出的业绩进行了表彰，他是第一个得到公司主席颁发的杰出贡献奖的员工。在颁奖仪式上，怀特金斯公司的总经理告诉他的雇员们："比尔的成功告诉我们：一个有目标的人，只要用积极的态度投入到追求目标的努力中，勤奋地工作，那么工作中就没有什么事情是不可能做到的。"

其实生活就是这样，有些人再苦再累、再困顿，但奋斗了，他就是生活的主人；有些再快乐、再舒适、再富足，但他始终自豪不起来，因为在生命之河里他缺少创造的勇气和拼搏的精神。

# 让世界闻到你

　　2012年6月，美国的一个美食节目"厨神"迎来了一位特殊的选手——盲女克莉丝汀。她刚一现身，就让三个评委大吃一惊。即使是明眼人，要想做出一道色香味俱全的菜肴都很难，更何况是一个盲人，大家都禁不住为她捏了把汗。但镇定的克莉斯汀无论刀工，做菜的火候都不比明眼人差。

　　她运用视觉以外的各种感官，用手、用心在5分钟内做了一道越南料理腌菜咸鱼。最终，这道菜打动了苛刻的评委，克丽丝汀成功晋级。评委戈登拉姆齐盛赞她说，你身上有很多值得骄傲的光芒。

　　克莉丝汀的父母是越南移民，她出生在美国的多佛，父母经营着一个饭店。每天早晨一睁眼，她就能闻见饭店厨房里饭菜的香气。中午放学或者晚上放学，她会帮父母择菜、洗菜。小小年纪的她在家庭的熏陶下，喜欢上了做菜。

　　高中毕业时，她毫不犹豫地选择了职高学校的烹饪系。在学校里她系统地学习了几大菜系理论知识，寒暑假，她不放过任何一次实践机会。渐渐的，在自家饭店她做的菜小有名气，很多客人专门点她做的菜。

正在克莉斯汀想在美食上大展宏图的时候，不幸却悄悄降临在这个美丽的女孩身上。

一天，正在厨房帮父亲的克莉斯汀突然觉得眼前一片模糊，什么都看不见了。被送到医院的她，经过确诊得的是视网膜母细胞瘤，经过10次手术仍然没有治好。医生惋惜地告诉她的父母，她无法再看到这个世界。她陷入了无边的黑暗中，酸甜苦辣的世界在这个心怀梦想的女孩眼前突然消失了。

她想不明白自己活着还有什么意思。于是，她整天闷闷不乐，不要说帮父母择菜、洗菜了，就是父母和她说话，她也不做任何回应。到最后，她甚至用绝食来抗议命运对她的不公。

母亲开导她、劝慰她，得到的却是她声嘶力竭的咆哮，这么美的世界，我却再也看不见。这一生，我除了在黑暗中无声无息地死去，还能做什么？我这样活着又有什么意义？她泪流满面，母亲也心酸痛苦。

那一天，在母亲用手指给她擦眼泪的时候，从来寡言少语的父亲拍了拍她的肩膀，附在她耳边说了一句悄悄话。母亲没有听清楚自己丈夫对女儿说了什么，但她惊异地发现女儿的泪水戛然而止。

第二天，母亲发现女儿早早起来，摸索着重新回到厨房，她要把做菜的很多食材都尝个遍，靠味蕾感知菜的名称和调料味道。

接着，她摸索着刀具，又摸到一根黄瓜，在案板上小心翼翼地切着，如果在从前，切黄瓜丝她只需10分钟，但今天她足足切了1小时。而且还切得粗一根细一根的，就在要收刀的时候，刀一滑，伤到了切菜的手指，母亲一边心疼地给她缠创可贴，一边说，"何苦呢，我们可以养你的。"

克莉斯汀坚定地说："不，我要继续实现自己的理想。"

不知练了多少遍，渐渐地她找到了感觉，她幸福地对妈妈说，我的感觉还是很准的，虽然慢些，但再也没有切到手。

经过勤学苦练，折翼的天使重新飞了起来。

33岁的时候，她精湛的厨艺在多佛扬名。这一年，美国厨神当道栏目来多佛招募选手。她欣喜若狂，在父亲的支持下立刻去报名。报名时最初评委对她身体的缺陷是心存疑惑的，但是，当他们品尝完她做的拿手菜越南料理，立即拍板定下，她可以直接参加决赛。

决赛那天，三位评审都给了她白围裙。她获得了这个栏目有史以来第一位盲人厨神。

接过围裙，她大声说，我要感谢我的父亲，是她的耳语改变了我的人生。10年前我的情绪低落到极点，是他凑在我耳边说，不要气馁，这个世界属于每个人。虽然你的眼睛看不见了，但是，你还有手，还有心，可以用她们做出精美的菜肴，你可以用菜肴走到世界面前，走到人群中，让这个世界闻到你。

每个人都有自己独特的天赋和使命，人生的意义就是发挥自己的天赋以完成自己的使命。天将降大任于斯人也，必先苦其心志。我们要经得起磨炼，才能成就美好的人生。

# 第三辑
# 时光里溜走的梦

梦想是什么？

梦想不是回忆，是努力，是努力创造活着的意义。

梦想不是忍受，是怒吼，是决定从今天不再等候。

梦想不是服输，而是挣扎，然后活得更潇洒。

梦想不是保守，而是愿意付出任何代价，然后再分享给大家。

梦想是深藏在人们内心处最强烈的渴望，是一种挥之不去的感觉和潜意识，也是人们走向成功的原动力。

做人要有梦想，不能庸庸碌碌，浑浑噩噩，让青春在琐屑而繁忙的生活中渐渐逝去，让意志在平淡无奇的日子里悄悄消磨。我们只有坚持自己的梦想，早一天告别平庸，我们的人生才能多一份精彩。

一个实现梦想的人，就是一个成功的人。

只有心存一份"梦并不遥远"的自信，和敢于努力去拼搏的勇气，才会拥有"梦想成真"的一天。也许我们在试图实现自己梦想的过程中，可能会遇到各种各样的挫折和困扰，那么一定要坚持住，千万不要因为感到梦想遥不可及而失去信心或停下追逐梦想的脚步。没有坚持的过程，就永远也到达不了理想的彼岸；没有坚持的信念，梦想就会变得更加遥远。纵观人类历史，没有哪个叱咤风云的成功者为了实现自己的梦想是奋斗一时的，或是信手拈来！

无论前路是铺满鲜花还是布满荆棘，无论前路是坎坷不平还是平坦无阻，我们都要把握今天，脚踏实地，寻找属于自己的梦想。

梦想如同玫瑰，对自卑者来说，他只想到它带刺的可怕；对自信者来说，他只想到它的可爱。只有不怕被刺伤手的人，才能真正手持玫瑰，才能真正懂得它的美丽和珍贵！但愿所有的人都能拥有玫瑰，都能梦想成真！

# 人生因梦想而伟大

人生因梦想而伟大，这句话最早是多次获得奥斯卡奖的好莱坞著名影星英格丽·褒曼说的。

18岁的英格丽·褒曼最大梦想就是成为一名著名的戏剧演员。但是，她的监护人叔叔奥图却希望她能成为一名售货员或者秘书。为了自己的梦想，褒曼和叔叔争执不下。最后，奥图叔叔做出了让步，答应给她一次参加皇家戏剧学院考试的机会。但是如果褒曼没有考上，就必须服从他的安排。

为了能实现自己的梦想——考上皇家戏剧学院，英格丽·褒曼进行了精心的准备。她首先为自己设计了一个角色，扮演一个快乐的农家女孩，她跳过小溪，手叉着腰，朝着对面的农家小伙子哈哈大笑。为了演好这个节目，她无数次地反复练习。另外，英格丽·褒曼把一个棕色的信封寄给了皇家剧院。一旦失败，棕色信封就会退回来；如果成功，皇家剧院就寄给她一个白色的信封。

考试那天，在后台准备充分的英格丽·褒曼，慢跑两步在空中轻轻一跃，划出一道美妙的弧线，像天鹅般轻盈地站在了舞台中央，伴着欢快的大笑，自然地说出了第一句台词。这时，她顺便用眼角的余光迅速地扫了一眼评委席，却发现评委们根本就没有看她的表演，评委有的在交头接耳，有的在大声谈论着，有的还在不停地比画着什么。看到这个情景，英格丽·褒曼非常失望，愣愣站在舞台上，忘记了接下来的表演。就在这时，裁判团主席的声音响起："好了，好了，小姐，谢谢你，不用继续表演了……下一个，下一个请开始！"

听到这句话，英格丽·褒曼彻底绝望了。她好像什么也看不见，什么也听不见，在舞台上愣愣地站了三十多秒，在主持人的一再提醒之下，才失魂落魄地走了下去。英格丽·褒曼觉得自己的梦想破灭了，一路上一直胡思乱想，甚至一度想到了自杀。

度过了极其煎熬的一夜，第二天一早，邮递员却给她送来了一个白色的信封。白色的信封？英格丽·褒曼简直不敢相信自己的眼睛，她收到了白色的信封，她被录取了！

多年以后，已经成为著名影星的英格丽·褒曼碰到了裁判团主席。闲聊之际，英格丽·褒曼问道："您能告诉我，当年我在皇家剧院初试的时候，哪个方面表现得不好，以至于让评委团那么不喜欢我，我难过得差点去自杀。"

"不喜欢你？"裁判团主席瞪着大眼睛望着她，"怎么可能！就在你从舞台侧翼一跃而出的那一瞬间，那灿烂的笑容打动了我们每一个人，我们就彼此相互说：'太完美了，看看她的笑容，看看她的身姿，那么的自信，那么的有风范，不用再浪费时间了，就是她了。马上叫下一个吧！'"

丘吉尔曾经说过："人的伟大不在于在说什么，而在于你想做什么。"如果你期望自己成为什么样子，那么你就很可能成为什么样子。如果我们总是期望更高、更好、更伟大的梦想，并为之付出艰苦的努力，我们的梦想就很容易实现。

# 铜壶里的秘密

一百多年前的一天。天气晴朗，微微地有些风。一个年老的乡下医生驾着马车来到一个小镇上，他的脸上明显有很多的灰尘，这说明他走了很远的路。他把马拴住，一声不响地从后门溜进一家药房。他要和药房一位年轻的药剂师做一桩生意。

在药品柜台后面，这位老医生和药剂师足足交谈了一个多小时。然后，年轻人跟着医生走向马车，带回来一个老式的铜壶、一片木制橹状的大木板（用来搅动壶里的东西），并把它放在商店的后面。

年轻人检查完那只老铜壶后，伸手从贴身的袋里取了一卷钞票交给老医生。这卷钞票是年轻人全部的积蓄——500美元。而老医生交给年轻人的是写着秘密工艺的一张小纸片。

铜壶里面有一种可以令人生津解渴的饮品，而它的制作方法就写在老医生交给年轻人的那张纸上面。这方法是老医生的创意——他那极具想象力的产品。

年轻人对老医生的创意有极大的信心，知道它可以成为受人欢迎的饮品，于是他倾一生的积蓄，将这创意买了下来。

没多久，年轻的药剂师也凭借他的想象力，将一种秘密成分加进这古老铜壶内的饮品里。这一创意令铜壶里的饮品更加甘美无比，难以模仿。

老医生与年轻药剂师的想象力使这个古老铜壶就像阿拉丁神灯一般有无法估计的金子流出，历经百年而不衰。

这个经过秘密处方配制的饮品成为一种著名的饮料，它就是你今天一定喝过不知多少瓶的可口可乐。

你可能不知道美国国徽是什么模样，但你不可能不知道可口可乐是什么味道。

前面提到的那个愿意用一生积蓄去买下一个创意的年轻人名叫爱撒·肯特拉。他于1851年出生于美国亚特兰大州。由于他是药剂师，所以他能将一种秘密成分加入到老医生约翰·彭布顿的处方里，使那铜壶里的液体成为畅销全球、老少皆宜的饮品。在过去的100年里，这个"老铜壶"替它的发明人与不知名的上百万的人带来源源不断的巨大财富：

——它是蔗糖的最大消耗者之一，使从事甘蔗生产、提炼和销售的人有大量的就业机会。

——无论是瓶装或罐装，它都给工厂的工人带来不断的工作机会。

——它提供了全世界不知多少的店员、打字员、速递员、经理人就职的机会。

——它替电台、电视台、电影院、广告公司带来惊人的收入。

——因为它做广告，许多演员、歌星成为举世瞩目的人物，而它自己本身，也成了国际上的最佳"解渴"广告。

　　这一切辉煌的成就不仅缘于肯特拉的聪明才智，更是由于他不拘于小成就，发挥天马行空的想象力和惊人的创造力，给事物注入全新的创意。生活教会我们只有不走寻常路，才有路可走。既勇又智的人们通常会选择走一条人迹罕至的道路，因为另辟蹊径的结果往往会留下更深的脚印。

　　想象是神奇的、令人难以想象的奇妙过程。人类本身的进化就是一部从原始到开化，从低级到高级，从愚昧到聪慧，从野蛮到文明的发展史，其根本动力就源于这种神奇的梦想。没有梦想，就没有世界的精彩纷呈，由梦想引发的创意是个人成功的途径，也是人类腾飞的翅膀。

# 玻璃的城堡

也许是因为父亲早逝的缘故，小尼克的想法总是有点怪怪的。母亲为了照顾尼克和他的哥哥整日忙碌，哥哥为了减轻母亲的负担，每天都帮母亲干活，而尼克与这些好像全然不相干一样，就知道整天东奔西跑。

有一天，尼克又要跑出去玩，哥哥却将他堵在了门口，希望他留在家里，为这个家做点力所能及的事情。尼克告诉哥哥他并不是无所事事，而是在忙更重要的事情。哥哥非常好奇，问他在忙什么事，尼克说他要用玻璃瓶建造一座城堡。

哥哥听了大吃一惊，问尼克："即使用瓶子能够建造城堡，你也不知道建造一座城堡需要多少个瓶子？"尼克说："我计算过，大概需要两万个。"哥哥告诉尼克，两万个瓶子可不是个小数目。尼克说："我能捡到两万个瓶子。一天一天地捡，一年一年地捡，两年、三年或者五年，我一定能捡到这么多瓶子。"哥哥说："既然你这么有信心，你去捡吧！"哥哥觉得尼克的想法十分奇怪，正在干一件非常愚蠢又毫无意义的事情。尼克也许能坚持十天半个月，但绝对坚持不到捡到两万个瓶子。即使尼克真的捡到了两万个瓶子，他也不可能用它们建造一座城堡。哥哥一想到这些，心里就释然了，既然这样，以后就让尼克去捡他的瓶子吧，到时候尼克建不出城堡，看他怎么向母亲交代。

从那以后，尼克就开始专心地找瓶子了。上学、放学的路上，逛街的时候，尼克不放过任何一个找瓶子的机会。只要有空，尼克就溜出家门，四处找瓶子。瓶子无论大小、颜色尼克都捡回来，然后把它们堆放在屋后。尽管尼克很努力、很勤快，可是每天也只能捡到几十个瓶子。

人们看到尼克每天四处翻捡瓶子，便问他要干什么，尼克说他要建造一座城堡。人们听了都大笑起来，劝尼克放弃，说他不可能捡到两万个瓶子，更不可能用瓶子建造一座城堡。

对于人们的劝说和嘲笑，尼克不以为然，他依然每天执着地捡瓶子。

当母亲听说尼克每天捡瓶子想要建造城堡的事后，非常生气。尼克一回家，母亲就质问他："你是不是每天都捡些无用的玻璃瓶子？"尼克回答："是。"母亲说："你想用玻璃瓶建造一座城堡？尼克，你的脑子是不是出了什么问题？这事怎么可能完成？在此之前，没有人这么做过。你不会不知道，玻璃瓶一不小心就会碎，会划伤你的手。即使你不能像哥哥那样帮我做点什么，让我省心，但你也不能给我添麻烦！"

母亲的话尼克没有放在心上，他不怕瓶子划伤手，依然继续捡他的瓶子。他想，现在所有的人包括母亲都不相信他能建造一座城堡，那么，他就更不能放弃，一定要用瓶子建造一座城堡给大家看看，让大家知道，所谓的"不可能"其实是可以实现的。

　　两年半之后，尼克终于捡够了两万个瓶子。面对堆得像山一样的瓶子，尼克露出了笑容，他告诉哥哥他下一步就开始建造城堡。哥哥听了一笑，想尼克虽然能坚持捡够两万个瓶子，可是不可能用它们建造出一座城堡，因为还没有用瓶子建造城堡的先例，况且瓶子是光滑的，一放上去就会掉下来摔碎。要用它们建造出一座城堡，简直就是天方夜谭。

　　正如哥哥所想的那样，开始的时候尼克将瓶子一放上去，瓶子就立即滑下来摔得粉碎。哥哥担心尼克受伤，便劝他放弃。尼克哪里肯放弃，继续用瓶子建造城堡，他想瓶子摔碎了可以再捡，城堡垮塌了可以再建。

　　瓶子不断地摔碎，城堡不断地垮塌，可是尼克的信心没有破碎，梦想没有垮塌。经过半年的努力，尼克终于用两万个瓶子建造出了一座坚固的城堡，不怕风吹，不怕雨打。

　　阳光下，城堡熠熠生辉，吸引了远远近近的人来参观。尼克的城堡随之广为人知，尼克也一举成名。这时，尼克的母亲在家门口摆摊卖起了各种小吃，生意十分火爆。收入增加了，尼克一家的生活状况也随之改变。

　　十几年后，尼克成为一名著名的设计师。由他设计的建筑，每一座都让人为之惊叹。有人问他为何能设计出与众不同的建筑，他提到了小时候建造城堡的事，他说："只要敢想、敢做，就没有任何做不成的事，因为梦想从不卑微。"

　　脚不能到达的地方，眼睛可以到达；眼睛不能到达的地方，梦想可以到达。如果一个人自信地朝梦想的方向前进，以破釜沉舟的勇气争取梦想的实现，成功就会在他意想不到的时刻突然降临。

# 总有一个梦想能在现实中开花

他出生在意大利的一个农民家庭，父亲每天冒险骑马登上高高的雪山，采下大块冰，运到城里卖给富家大户，挣得几个小钱，维持一家人的生活。在他上小学，甚至是中学时，常被同学恶意嘲谑为"窝囊废"，这些中伤的话，严重地刺伤了一颗少年的心，所以，从小他就体会到贫穷带来的艰难与屈辱。

在中学阶段的后期，他曾参加过校内戏剧演出，从那时起，他就对舞台产生了兴趣。他梦想自己将来能成为一名出色的舞蹈演员，在舞台上尽情展示舞姿。为此，16岁那年，他毅然做出了一个大胆的决定——退学，一个人独自跑到当时的大都市巴黎，希望自己能在这个时尚大舞台上用脚尖旋转出精彩人生。

可是，这座高傲的城市根本不屑瞧这个穷小子一眼，别说学习舞蹈的高昂学费了，就连满足生活的基本需求都成了问题。他没有别的特长，只有从小跟着父母学到的一点裁缝技术。凭着这点手艺，他在一家裁缝店找到了一份每天要做十多个小时的工作。

就这样做了几个月，他的心情越来越低落、颓废。他不知道自己在这个裁缝店要干多久，不知道自己什么时候才能登上梦中的舞台。他苦于自己的理想无法实现，他认为与其这样痛苦地活着，还不如早早结束自己的生命。

就在他准备自杀的当晚，他突然想起了自己从小就崇拜的有着"芭蕾音乐之父"美誉的布德里，他决定给布德里写一封信，讲述自己的梦想遭现实阻挠无法实现的困惑。在信的最后，他写道，如果布德里不肯收他这个学生，他便只好为艺术献身跳河自尽了。很快，他便收到了布德里的回信。谁知，布德里并没提收他做学生的事，而是讲了他自己的人生经历。布德里说他小时候很想当科学家，也想当飞行员，还想成为一名牧师，但因为家境贫穷父母无法送他上学，他只得跟一个街头艺人过起了卖唱的生活……最后，他说，人生在世，现实与梦想总是有一定的距离，在梦想与现实生活中，人首先要选择生存，一个连自己的生命都不珍惜的人，是不配谈艺术的……

布德里的回信让他幡然省悟，后来，他努力学习缝纫技术，并应聘于一家名叫"帕坎"的时装店。凭着勤奋和聪慧，他的服装设计技术提高得很快。为了进一步开阔视野，他又投奔由著名时装设计大师迪奥尔开设的"新貌"时装店。在这里，他增长了见识，积累了领导时装潮流的设计心得和体会，他的设计水平也得到了提高。这一年，著名艺术家让·科托克拍摄先锋影片《美女与野兽》，邀请他设计服装。他为法国著名演员让·马雷设计了12套服装，影片公映后，他设计的服装惊动了巴黎，美誉如潮。

那年，他23岁，在巴黎开始了自己的时装事业，建立了自己的公司和服装品牌。他追求独特的个性，大胆突破，设计了时代感非常强烈的"P"字牌服装，赢得了挑剔的巴黎顾客的青睐。演艺界名流、社会上层人士、达官贵人等争相慕名前来订制服装。

他就是皮尔·卡丹。

如今，皮尔·卡丹不但成了令人瞩目的亿万富翁，以他的名字命名的产品也遍及世界，皮尔·卡丹成了服装界成功的典范。

人的一生中可能有很多梦想，当一个梦想因现实的阻挠而无法实现时，就应该勇敢地调整梦想的方向。世界是一个大舞台，生、旦、净、末、丑都是重要的角色，只要你脚踏实地把握住梦想的方向，那么，总有一个梦想能在现实中开花，让你获得华美的人生！

# 做一块有梦想的石头

1879年，在法国罗芒镇以北的乡村小路上，一个名叫薛瓦勒的邮差日复一日地穿梭着给人们送信。

有一天，他在崎岖的山路上被一块石头绊倒了。当他拍拍灰土爬起来，准备继续上路的时候，突然发现这块石头的样子十分的独特而奇异。他拾起那块石头，左看右看，便有些爱不释手了。于是，他把那块石头放在了自己的邮包里。

结束了一天的送信工作，疲惫的薛瓦勒回家躺在床上突然产生了一个念头，如果用这样美丽的石头建造一座城堡那将会多么迷人。于是，他每天在送信的途中寻找石头，每天总是带回一块，不久，他便收集了一大堆奇形怪状的石头，但建造城堡还远远不够。

于是，他开始推着独轮车送信，只要有中意的石头都往独轮车上装。人们好意地劝他："把它扔了吧，你每天要走那么多路，这可是个不小的负担。"但是薛瓦勒却拿出一块石头，炫耀着说："你们谁见过这样美丽的石头？"人们都笑了，说："这样的石头山上到处都是，够你捡一辈子的。"

在别人的眼里，送信都是一件枯燥乏味的差事，再加上运送石头，无异于自讨苦吃。可是薛瓦勒不这样认为，他乐此不疲地构筑着自己的梦想，垒造自己的城堡。

从此以后，他再也没有过上一天安乐的日子。白天他是一个邮差和一个运送石头的苦力，晚上他又是一个建筑师，他按照自己天马行空的想象来垒造自己的城堡。

对于他的行为，所有人都感到不可思议，认为他的精神出了问题。

20多年的时间里，他不停地寻找石头，运输石头，堆积石头。在他的偏僻住处，出现了许多错落有致的城堡，当地人都知道有这样一个性格偏执沉默不语的邮差，在干一些如同小孩子筑沙堡的游戏。没有人愿意加入进来，他们觉得这是痴人说梦、海市蜃楼。邮差不为所动，兀自快乐、幸福地建造自己的城堡，如果别人不宽容和相信他的梦想，不愿分享和承担，这座城堡只能是属于他的。

飞长流短，花开花落。20多年的白天和黑夜，20多年的聚沙成塔和集腋成裘，邮差的梦中城堡终于在乡村落成，辉煌壮观，惊心动魄，童话在尘埃里落定，奇迹在平凡中惊现。

法国一家报纸的记者无意间发现了这座空前绝后的城堡——准确一点说，不单单是一座，而是许多座错落有致的城堡，好像是上帝遗落在尘世的一枚枚巨大瑰丽的戒指，或者是来自神秘太空的梦想礼物，这里的风景和城堡的建筑格局令他叹为观止，它那独一无二、举世无双的独特和美丽震撼了世人。他为此写了一篇介绍薛瓦勒的文章，文章刊出后，薛瓦勒迅速成为新闻人物。许多人都慕名前来参观城堡，连当时最有声望的毕加索也专程参观了薛瓦勒的建筑。

现在，这个城堡成为法国最著名的风景旅游点，它的名字就叫作"邮差薛瓦勒之理想宫"，它已成为世界近代建筑艺术史上一件珍贵的艺术品。

在城堡的石块上，薛瓦勒当年的许多刻痕还清晰可见，有一句就刻在入口处一块石头上："我想知道一块有了愿望的石头能走多远。"这就是那块当年绊倒过薛瓦勒的石头，这句名言也是当年薛瓦勒成就梦想的缘由。

诚然，生命短暂，通常情况下，我们无法延长生命的长度，我们的双脚也不能走得很远，就像薛瓦勒，终生只是在法国一个乡村那固定的邮路上来回奔波，但是，我们可以打造生命的厚度和深度，我们的精神可以走得很远，即使是一块曾经绊倒你的石头，在心灵的热爱与感召下，也可以开出美丽而永恒的花朵。插上想象的翅膀，怀揣梦想上路，前行、坚持，就会最终抵达胜利的彼岸。

# 赎回儿时的梦想

2002年的感恩节，美国芝加哥市一位名叫赛尼·史密斯的中年男子向当地法院递交了一份诉状，要求赎回自己去埃及旅行的权利。因为这次诉讼涉及的内容非同寻常，立刻引起了人们的极大关注。

这起案子的案情十分简单。它发生在40年前。当时6岁的赛尼·史密斯在威灵顿小学读一年级。有一天，品行课老师玛丽·安小姐给学生们布置作业，让他们各自说出自己未来的一个梦想。全班24名同学都非常踊跃，尤其是赛尼，他一口气说出两个梦想：一个是拥有一头小母牛；另一个是去埃及旅行一次。

可当玛丽·安小姐问到一个名叫杰米的男孩时，不知为什么，他竟一下子没想出梦想，因为他所想的，别人都说了。玛丽·安小姐为了让杰米也拥有一个自己的梦想，她建议杰米向同学购买一个。于是，在玛丽·安小姐的见证下，杰米就用3美分向拥有两个梦想的赛尼买了一个。由于赛尼当时太想有一头小牛了，于是就让出了第二个梦想——去埃及旅行一次。

40年过去了，赛尼·史密斯已人到中年，并且在商界小有成就。40年来，他去过很多地方——瑞典、丹麦、希腊、沙特、中国、日本，然而，他从来没有去过埃及。难道他没想过去埃及吗？想过。据他说，从他卖掉去埃及的梦想之后，他就从来没忘记过这个梦想。然而，作为一个虔诚的基督教徒和一个诚信的商人，他不能去埃及，因为他已经把这个梦想卖掉了。

现在，他打算和妻子到非洲旅行一次，在设计旅行线路时，妻子把埃及的金字塔列作其中的一个观光项目。赛尼·史密斯再也忍耐不住了，他决定赎回那个梦想，因为他觉得只有那样，他才能坦然地踏上那片土地。

可惜的是，赛尼·史密斯并没有如愿。因为经联邦法院审定，那个梦想现在已经价值3000万美元，赛尼·史密斯要赎回去，就会倾家荡产。其中的缘由，我们从杰米的答辩状中，可略知一二。

杰米是这样说的：在我接到史密斯先生的律师送达的副本时，我正在打点行装，准备全家一起去埃及。这好像是我一口回绝史密斯先生要求赎回那个梦想的理由。其实真正的理由不是我们正准备去埃及，而是这个梦想的价值。

也许大家不知道，小时候我是个穷孩子，穷到我不敢有自己的梦想。然而，自从我在玛丽小姐的鼓励下，用3美分从史密斯先生那儿购买了一个梦想之后，我彻底地改变了，变得富有了。我不再淘气，不再散漫，不再浪费自己的光阴，我的学习有了很大的进步。我之所以能考上华盛顿大学，我想完全是得益于这个梦想，因为我想去埃及。我之所以能认识我美丽贤惠的妻子，也是得益于这个梦想，她是一个对埃及着迷的人。如果我没有购买那个梦想，我们绝不会在图书馆相遇，更不会有一段浪漫迷人的爱情。

　　我的儿子现在在斯坦福大学读书，我想也是得益于这个梦想。因为从小我就告诉他："我有一个梦想，那就是去埃及。如果你能获得好的成绩，我就带你去那个美丽的地方。"我想他是在埃及的召唤下，走入斯坦福大学的。

　　现在，我在芝加哥拥有6家超市，总价值2500万美元左右。我想，如果我没有那个去埃及旅行的梦想，我是绝不会拥有这些财富的。

　　尊敬的法官和陪审团的各位女士们、先生们，我想假如这个梦想是你们的，你们一定会认为这个梦已融入你们的生命之中，已经和你们的生活、你们的命运紧密相连，密不可分；一定会认为，这个梦想就是你们的无价之宝。

　　梦想是一笔无价的财富，有了梦想，人生才有了目标，生活才会多姿多彩，才会变得有意义。所以，无论什么时候都不要出卖自己的梦想，让他成为我们前进的目标，鞭策我们前进的动力，直到梦想成为现实。

# 把梦想随身携带

在一个寒冷的冬天里，他出生在俄罗斯哈巴罗夫斯克北部的一座小城。也许是他的父母都是铁路工人的原因，他的家坐落在一条地处偏僻农村的铁路附近。

幼时的他体弱多病，且经常发烧，最终导致他得了慢性肺炎，一出生便在医院待了整整三个月。为了能让他得到更适宜治疗的气候环境，他的父母决定搬往气温相对温暖的伏尔加格勒居住。

他的家人慢慢发现，孩子的病之所以久久未能痊愈，与他的体质有极大的关系。家人想，怎样才能增强他的体质呢？最终，家人对年仅4岁的他进行了多项体能训练，诸如滑雪、跳舞、滑冰、双杠……

在训练过程中，小小的他逐渐对滑冰产生了浓厚的兴趣，且一发不可收，每天都要在冰场上练一两个小时才罢休。羸弱的体质，常使他因为不能坚持太久而多次滑倒；坚硬的冰面，常在他幼小的身体上留下一道道伤口。而如此艰辛的付出之后，他在滑冰方面，却并未取得多大的成绩。更令他伤心的并非来自身体上的伤害，而是冰场上无数人对他的嘲笑。

他的父母安慰他说，滑冰本就是为锻炼身体，不必太在意。他的滑冰启蒙老师对他说："不要在意别人的嘲笑，你虽然是这里年纪最小的孩子，但有一天你一定能成为这里的第一。"虽然她只是试图增强他的信心，但这句话却深深扎进了他的心田。

失败之后，他的信念反而更加坚定，勇气变得更大。他相信，自己定能成功。从那以后，在伏尔加格勒的冰场上，人们经常可以看到一个金头发、蓝眼睛，身上永远背着一个背包的小男孩在锲而不舍地坚持着自己的梦想。

23年过去了，他的梦想之花终于如愿灿烂地绽放在世界冰坛上。年仅27岁的他，惊人地获得了欧锦赛、世锦赛、世界花样滑冰总决赛等多项比赛的冠军大奖，他以独特的两周跳、三周跳、连续四周跳而技惊世人。

人们还发现，一袭白衣、一顶红色的帽子、一个背包，成了他的招牌装扮，让人们对他印象尤为深刻。他，就是普鲁申科，鼎鼎大名的世界"冰坛王子"。

27岁的年纪就能冠绝世界冰坛，且从小就体弱多病还能连续多年称雄不败，让许多人对他的背景产生了极为浓厚的兴趣。但人们发现，普鲁申科似乎并没有什么过人的天赋，而他背后的教练：塔提阿娜、米西林、埃里克、托思维等人中，并没有一个是名牌教练。

普鲁申科成功的背后有什么秘密？对此，普鲁申科从来都是一笑否认，说自己并没有什么秘密。

2007年冬季，普鲁申科的朋友举行了盛大的婚礼，地点正巧定在坎斯克河旁。那时，坎斯克河河面结了厚厚的一层冰，有人就趁此时机，邀请普鲁申科即兴表演滑冰助兴。可因为是临时想起的节目，婚礼主办方并没有准备冰鞋，就在众人叹气之际，普鲁申科却微微一笑说："没关系，我一直都随身携带着冰鞋呢。"

普鲁申科说完，从随身携带的背包里拿出了一双冰鞋。

一切秘密，随即烟消云散。人们恍然大悟：原来，普鲁申科从来都是把梦想携带在身上的！

无论我们的人生怎样，我们都应该有一个自己的梦想，并且坚持自己的梦想。有了梦想，你的生活才能充满憧憬和希望，才能时刻以乐观向上的姿势迎接挑战，就算是跌倒了也会很快找到爬起的支点，一步一步地向成功迈进。

# 第四辑
## 掌心里的北极光

　　有的人能让自己的生命闪光，让世界焕发迷人的光彩；有的人总在蹉跎中浪费光阴，一事无成，区别就在于他能否担当责任。

　　人生在世，每个人都承担着责任。可以说，生命一经诞生，责任就无时不有，无时不在，如影随形般地伴随着我们。在任何时候，我们都不能放弃肩上的责任，扛着他，就是扛着我们对生命的信念。

　　是否敢于承担责任，能否切实地负起责任，也是一个人能力和品质的试金石。从某种意义上说，一个人肩负的责任越重，一个人的生命的价值和意义也就越大。我们知道，凡是杰出的人物，总是以天下为己任的。

　　责任的范围很广，一个人对自己、对父母、对朋友、对他人、对自己所做的事情，乃至对社会、国家都有责任。责任是做人的良知，是做事的敬业精神。在这个世界上，所有成功的人都是用负责任的态度去做好每一件事。

无论多么浩大的工程都始于一砖一瓦的堆积，无论多么惊世的成功都是从一跬一步开始的。这一砖一瓦、一跬一步的积累，都需要我们以尽职尽责的精神一点一滴的去完成。不要小看自己做的每一件事，即便是最普通的事，我们也应该全力以赴，尽职尽责地去完成。

当你经过不懈的努力把责任转化为成功时，你才能深刻体会责任的真正意义。她是一位老师，让你学会坚强、勇敢、永不放弃；让你懂得破釜沉舟、全力以赴，成功其实并不遥远。

# 12.5美元的担当

我们要有这样一个信念：迎难而上，敢于担当。

1920年的一天，一个11岁的美国男孩在自家门前的空地上踢足球，一不小心，踢出去的足球不偏不倚地打中了邻居家的玻璃。邻居非常愤怒，向惊慌失措的男孩索赔12.5美元。在当时，12.5美元可是一笔不小的数目，足足可以买125只母鸡！这对于一个每天只有几美分零花钱的小男孩来说，绝对是一笔天文数字。

闯了大祸的男孩没有其他的办法，只好一五一十地向父亲坦白了这件事，希望父亲会帮他承担这个对他来说无论如何也承担不了的责任。然而，一向宠爱他的父亲却拒绝替他承担责任。这让男孩非常的为难，他无助地说："我哪有那么多的钱赔给人家啊？"

最后，男孩的父亲拿出了12.5美元，郑重而严肃地对儿子说："记住了，这12.5美元是我借给你的，一年以后你必须如数归还。因为，承担自己犯下的过错是一个人的责任，这个责任无论在任何时候你都不能逃避。"男孩把钱赔偿给邻居后，开始了艰苦的打工生活。他放弃了平时热衷的各种游戏，把课余时间都利用起来做自己力所能及的工作。经过半年的辛苦工作，男孩终于挣够了12.5美元，把钱还给了父亲。父亲高兴地拍着他的肩膀说："一个能为自己的过失行为负责的人，将来一定会有出息的。"平生第一次，他用自己稚嫩的肩膀担起了自己应该承担的责任。

经济大萧条时期，他的父亲破产了。那个时候，他大学刚毕业，就毅然决然地承担起整个家庭的生活重担，而且资助哥哥重新回到了学校。后来，他成为一名知名的节目主持人，在他事业的巅峰时期，出于新闻人的强烈责任感，他批评自己所在电视公司的最大赞助商——通用电器公司，因此不得不离开电视界，从此投身政界。在他登上梦想的宝座的时候，一场更大的经济危机横亘在他的面前，让他前行之路困难重重。这一次，他依然没有退缩，肩负起了引领当时世界上的第一强国走出困境的责任。他又一次成功了，8年后，他把一个开始复苏的国家交到了继任者的手中。他就是美国第40任总统罗纳德·威尔逊·里根。

后来里根总统在回忆自己小时候打碎窗玻璃这件事时说："一个人要勇敢地承认自己的错误，要勇敢地承担自己的责任。只有勇于承担责任的人，才能成为一个大有作为的人。"

责任是每个人必备的基本品质，勇于承担责任是任何人从平凡走向优秀的第一步。当厄运来袭、逆境突降、困难来临的时候，谁能敢于承担责任，谁就能顶住压力，扭转乾坤。每遇大事敢于承担责任，不退缩，不管是山峰崩裂，还是怒潮汹涌，只要我们自己不慌乱，一切就都会有转机。

# 对自己的人生负责

　　帕蒂·戴维斯是美国前总统里根的小女儿，曾经被认为是里根家里最"野"的孩子，似乎生来就是为了和父母作对的。帕蒂·戴维斯原名帕特里夏·安·戴维斯·里根。当决定要在娱乐圈发展的时候，她毅然丢弃了自己的姓氏，给自己起了"帕蒂·戴维斯"这个艺名，并且一直沿用至今。

　　从小帕蒂的性格就非常倔强，极有自己的想法。也许正是这个原因，这个拥有棕色长发和一对明亮的棕色眼睛的美丽女子，在政治信仰上选择了与自己的父亲对立，成为一名"左派"的自由主义者（里根在政治上是出名的保守派），为此她经常和父亲起冲突，甚至有时在公众场合也毫不留情地指责父亲的政策。

　　政治信仰的不同，并没有让里根恼火。真正让里根无法容忍的是帕蒂生活的糜烂。年轻的帕蒂曾吸食大麻，辍学和摇滚歌手同居，甚至撰书将自己的父母骂得一文不值。如果说这些还不足以显示帕蒂的叛逆的话，1942年，已经42岁的帕蒂终于达到了自己叛逆的顶峰，她做出了让自己的保守家庭无法接受的事：一丝不挂地为

《花花公子》杂志拍摄封面照。此事在美国轰动一时，父母险些被她气死，整个家庭甚至要与她决裂。

10年过后，帕蒂幡然悔悟。回顾那段年少轻狂的日子，当年那些伤害自己父亲的言行如今让帕蒂痛苦不已。帕蒂承认自己的内心其实相当脆弱，她说："我们这一代的人，青春期的心理状态持续得特别长。"如今52岁的帕蒂说，好在她现在已经变得柔和，不再像年轻时一样口无遮拦。

帕蒂是在10年前得知父亲患上老年痴呆症后逐步改变的。眼看着老父的记忆一点点的被病魔夺走，直至最后变得失语，无法独立行走和进食，神志不清得连妻子儿女都认不出来，帕蒂感触良多。在里根最后的日子里，帕蒂一直陪伴在他的身边，虽然父亲已经连她是谁都不知道了。

如今，一切的叛逆和不满都已经成为过往云烟。帕蒂可以温馨、平静地谈起自己的家庭，并非常乐于分享自己哥哥的近况以及发生在母亲的狗身上的趣事。

每个人都有年轻的时候，每个人也都有做错事的时候。很多年轻人以为偶尔的放纵一次自己不要紧，其实不然。放纵一旦开始，就会失去控制。能放纵自己一次，就会有第二次、第三次，甚至无数次。一旦养成了放纵的习惯，后果不堪设想。所以，不要给自己偶尔放纵一下的机会。

不管你多么喜欢放纵时的无限快意，也一定要拒绝堕落，因为放纵的尽头就是无尽的深渊。无论在任何时候，我们都不能自暴自弃，因为那是对自己生命的不尊重，对人生的亵渎。

# 用忠诚守护责任

　　露宝是微软公司总裁比尔·盖茨的第二任女秘书。露宝到微软工作的时候已经42岁了，而且是四个孩子的母亲，而比尔·盖茨当年才21岁，正值创业之初。因此，当露宝的丈夫知道她要去公司上班的时候，就警告她，一定要留意月底能否发得出工资。

　　露宝没有理会丈夫的忠告。她想，一个如此年轻的董事长开办公司，遇到的困难一定很多。她开始以一个成熟女性所特有的缜密、细腻与周到，考虑她今后在公司应尽的责任和义务。

　　在公司工作了一段时间后，露宝发现盖茨的行为异于常人。他通常是中午到公司上班，然后一直工作到深夜。如果第二天早上有重要的工作，他就会在办公室过夜。

　　盖茨睡觉的习惯非常随意，他几乎从来不在床上睡觉。只要是累了，他就顺手拽过一条毛毯盖在头上，无论何时不管环境如何喧闹，他总能迅速地进入梦乡。细心的露宝总是在他的身边给他准备一条毛毯，即使是在盖茨出差的时候，也能让盖茨在想睡觉的时候随时拉出一条毛毯。

　　关心盖茨的饮食起居，成了露宝日常工作的一项重要内容，这使盖茨感到了一种母性的关怀和温暖，让他在繁忙的工作之余能感受到些许的家庭温暖。

　　当然，露宝在工作上也是兢兢业业。公司离亚帕克机场只有几分钟的路程，盖茨每次出差时，为了能在出差期间把公司工作尽量地安排好，他很多时候总是在办公室处理事务到最后才开始往机场赶。为了赶飞机，他甚至有时候开快车、闯红灯。这让露宝对盖茨的安全非常担心，她便请求盖茨每次提前15分钟去机场，而且她每次都严格督促。

　　露宝把公司看成一个大家庭，她对公司的每个员工、每项工作，都有很深的责任感。很自然的，她成了公司的后勤总管，负责发放工资、记账、接订单、采购、打印文件等。

　　露宝成了公司最不可或缺的元素，她带给了公司凝聚力，盖茨和其他员工对她都非常信赖。当微软公司决定迁往西雅图，而露宝的丈夫因为在亚帕克基有自己的事业不能走时，微软的所有员工都对她依依不舍，留恋不已。

　　盖茨、艾伦和伍德联手给她写了封推荐信，对露宝的工作能力给予了很高的评价。可以说，这封推荐信让露宝找到一份工作变得非常容易。临别时，盖茨握着露宝的手真挚地说："微软的大门永远为你敞开，随时欢迎你回来。"

　　3年后的一个冬夜，西雅图的浓雾持久不散，盖茨正在被办公室的一些琐碎的事务搞得焦头烂额。这时，一个熟悉的声音伴随着一个熟悉的身影来到他的眼前，"我回来了。"是露宝，她为了微软公司，说服了丈夫举家迁到了西雅图。

随着微软帝国的建立，盖茨从露宝那里得到了信赖，露宝则从盖茨那里得到了尊重，获得了职业生涯的极大成功。

责任、忠诚是一个人成功的重要品质，是一个人的最大优势与财富，能得到别人的信赖与尊重，从而成就人生的成功与辉煌。

忠诚是对责任的坚守，是对责任的升华，是对使命的承担。一个具有忠诚品行的人，才能有所作为，一个负责、忠诚的人，才能更容易获得成功。

# 不要把失败的责任推给命运

　　拿破仑·希尔是全世界最早的现代成功学大师和励志书籍作家，他是曾经影响美国两任总统及千百万读者的成功学大师。

　　拿破仑·希尔在大学授课时，曾把毕业班的一个学生的成绩打了个不及格，这个打击实在很大。因为那个学生早已做好毕业后的各种计划，现在不得不取消，真的很难堪。他只有两条路可走：第一是重修，下年度毕业时才拿到学位。第二是不要学位，一走了之。

　　在知道自己不及格时，他一定很失望，甚至对拿破仑·希尔不满。拿破仑·希尔猜得不错，他真的论理来了。拿破仑·希尔说他的成绩太差以后，他自己也承认对这一科下的工夫不够。但是他继续说，"我过去的成绩都在中等水平以上，你能不能通融一下，重新考虑呢？"拿破仑·希尔明确表示办不到，因为这个成绩是经过多次评估才决定的。拿破仑·希尔又提醒他，学籍法禁止教授以任何理由更改已经送交教务处的成绩单，除非这个错误确实是由教授造成的。知道真的不能改以后，他显然很生气。"教授"他说，"我可以随便举出本市50个没有修过这门课照样成功的人。你这科有什么了不起！干吗让我因为这一科就拿不到学位。"

他发泄完了以后，拿破仑·希尔静默了大约45秒钟。他知道避免吵架的好方法就是暂停一下。然后拿破仑·希尔才对他说："你说的大部分都很对，确实有许多知名人物几乎不知道这一科的内容。你将来很可能不用这门知识就获得成功，你也可能一辈子都用不到这门课的知识，但是你对这门课的态度却对你大有影响。"

"你是什么意思？"他反问道。

拿破仑·希尔回答他说："我能不能给你一个建议呢？我知道你相当失望，我了解你的感觉，我也不会怪你。但是请你用积极的态度来面对这件事吧。这一课非常重要，如果不由衷培养积极的心态，根本做不成任何事。请你记住这个教训，五年以后就会知道，它是你收获的最大一份成功。"

几天以后拿破仑·希尔知道他又去重修时，真的非常高兴。这一次他的成绩非常优异。过了不久，他特地向希尔致谢，让希尔知道他非常感激以前那场争论。

"这次不及格真的使我受益无穷。"他说，"看起来可能有点奇怪，我甚至庆幸那次没有通过。"

拿破尔·希尔说过："千万不要把失败的责任推给你的命运，要仔细研究失败的实例。如果你失败了，那么继续学习吧。可能是你的修养或火候还不够的缘故。你要知道，世界上有无数人，一辈子浑浑噩噩，碌碌无为。他们对自己一直平庸的解释不外是'运气不好'‘命运坎坷'‘好运未到'。"

任何时候都不要把你失败的责任推给你的命运，要仔细研究失败的原因。如果你失败了，说明我们还有很多东西需要学习，努力地从自身找原因，提高自己，成功就会离我们很近很近。

# 不可能的胜利

1944年6月6日，在第二次世界大战中，美英盟军在法国诺曼底登陆成功。

在长达一年的备战中，艾森豪威尔将军做出了无数细致入微的谋划：用责任心，艾森豪威尔将军把诺曼底这个"不可能"的地点变成了"可能"。

为了成功，艾森豪威尔将军首先对登陆地点进行了认真的选择。诺曼底是一处险滩，不是一个港口，登陆部队的物资无法及时供应。但盟军创造了一个奇迹：用半年的时间，秘密建造了一个人工港。这个人工港修建，几乎超出了当时英国全部的工业能力，但盟军竭尽全力完成了这一工程，保证了92万士兵17万部车辆及大量物资装备的成功登陆。希特勒在获得了盟军修建人工港的情报时，认为是假情报，因为这"根本不可能"。

为了成功，艾森豪威尔将军对登陆时间进行了认真的选择。艾森豪威尔将军把6月6日这个"不可能"的时间变成了"可能"。能满足陆海空三军同时登陆条件的时刻，在1944年6月只有两组日期：6月5

日至6月7日，18日至20日。美英盟军和希特勒都知道6月5日前后有连续的暴风雨，但美英盟军最高司令部请英国权威的气象专家在6月4日晚上21：30时，又做出了更准确、细致的预报：在6月5日过后，会有一段持续12小时的好天气，随后又是狂风暴雨。盟军最后下令：6月6日凌晨2：00，先遣部队登陆。因为希特勒认为这个时间"根本不可能"，所以，当先遣部队登陆已成功时，他自己还在睡觉！

为了成功，艾森豪威尔将军还做了无数细致到令人难以置信的备战。首批空降部队由好几个国家的士兵组成，又在夜间，语言不通，为解决敌我识别的难题，给空降部队的官兵每人配发一只"蟋蟀"玩具，用手一捏，就会发出"卡巴"作为询问，两声"卡巴"作为回答。小玩具解决了大问题。

这场艺术般的经典战役为人称道之处，数不胜数，但真正令人震惊的是一个打动人心的细节：在诺曼底登陆战役打响的前一天晚上，美英盟军最高司令艾森豪威尔将军写了一份准备战役万一失败时给全国人民的致歉书。他写道："士兵们恪尽职守，英勇无畏，战役失败的所有责任由我一人承担！"

就这样，正是本着"所有责任由我一人承担"的心态，艾森豪威尔将军竭尽全力把每一个细节谋划到位，在"不可能"的时间，"不可能"的地点，靠一各个充分准备的细节，盟军取得了一场似乎不可能的胜利！

心态决定成败！细节决定成败！有了这种"所有责任由我一人承担"而不留退路的心态，有了细致精心的准备，成功或许只有咫尺之遥。

# 责任让人更美丽

穆尼尔·纳素曾经说过："责任心就是关心别人，关心整个社会。有了责任心，生活就有了真正的含义和灵魂。这就是考验，是对文明的至诚。它表现在对整体，对个人的关怀。这就是爱，就是主动。"

责任不是一个甜美的字眼，它仅有的是岩石般的冷峻。一个人举行了成人仪式，真正地成为社会一员，责任就作为一份成年的礼物不知不觉地落在他的肩上。责任是一个你时时不得不付出一切去浇灌的花朵，而它给予的往往只是灵魂与肉体上的痛苦，这样的一个精神上十字架，我们为什么要背负呢？因为承担责任不仅是人应该具备的品德，而且也能提升你的人格——责任让人更美丽。

20世纪初的一位名叫弗兰克的美国意大利移民，曾为人类精神历史写下灿烂光辉的一笔。经过艰苦的积蓄，弗兰克开办了一家小银行，但一次银行遭抢劫导致破了产，也让所有的储户失去了存款。各储户都纷纷上门要求赔偿，不久后，法院判他不用赔偿全部金额，然而事后，他挨门挨户地到储户那里赔礼道歉，并承诺将赔偿所有损失。

于是他带着妻子和四个儿女从头开始，努力偿还那笔天文数字般的存款。所有的人都劝他："你为什么要这样做呢？这件事你是没有责任的。"但他回答："是的，在法律上也许我没有责任，但在道义上，我有责任，我应该还钱。"

三十年的艰难困苦，三十年的玉汝于成。经过不懈的努力，弗兰克在他50多岁的时候寄出了最后一笔"债务"，这时，他长长地出了一口气，轻叹："现在我终于无债一身轻了。"他用一生的辛酸和汗水完成了他的责任，给世界留下了一笔真正的财富，也让他成为最美丽的人。

还有《项链》中的玛蒂尔德，一个有着千般风韵的爱美的女子，贫穷而美丽的她，面对丢失了的"好朋友"的钻石，并没有逃避或耍赖，而是毅然决定要用一生来偿还这笔债务，她用十八年的艰辛和最美丽的年华偿还了一笔"误会的宝石"，在那一刻，玛蒂尔德成为世界上最美丽的女子。

责任的存在，是上苍留给世人的一种考验，许多人通不过这场考验，逃脱了。许多人承受了，自己戴上了荆冠。逃脱的人随着时间消逝了，没有在世界上留下一点痕迹。承受的人也会消逝，但他们仍然活着，死了也仍然活着，精神使他们不朽，也使他们成为世界上最美丽的人。

责任不仅是我们做人应该具有的品质，责任也提升人的境界，让人变得更美丽。

作为社会上的每一个公民，负责任是我们每一个人都义不容辞的。肩负责任，是我们对待自己人生的一种态度，有了责任心，我们才能在人生旅途的歧路中寻找到正确的方向，才能将我们从昏暗无知中解救出来，为我们阻挡流言蜚语。

# 以身作则的力量

　　日本东芝电器公司是当今世界上屈指可数的名牌公司之一。但是，二十多年前，东芝电器公司虽然人才济济，却因经营方针出现重大失误，组织太庞大，层次过多，管理不善，员工松散，导致公司绩效低落，负债累累，濒临倒闭。在这个生死关头，东芝公司把目光盯在了日本石川岛造船厂总经理土光敏夫的身上，希冀能借助土光敏夫的"神力"，力挽狂澜，把公司带出死亡的港湾，扬帆远航。

　　土光敏夫就任东芝电器公司董事长所"烧"的第一把"火"是唤起东芝公司全体员工的士气。土光敏夫指出：东芝人才济济，历史悠久，困难是暂时的，曙光就在前面。土光敏夫说："没有沉不了的船，也没有不会倒闭的企业，一切事在人为。"在唤起东芝公司全体员工的信心后，土光敏夫大力提倡毛遂自荐和实行公开招聘制，想方设法把每一个人的潜力都发挥出来。

　　土光敏夫还大力提倡敬业精神，号召全体员工为公司无私奉献，提出了"一般员工要比以前多用三倍的脑，董事则要十倍，我本人则有过之而无不及"的口号，来重建东芝。他的口头禅是"以身作则最具说服力"。他每天提早半小时上班，并空出上午七点半至八点半的一个小时，欢迎员工与他一起动脑，共同来讨论公司的问题。

土光敏夫的办公室有一条横幅："每个瞬间，都要集中你的全部力量工作。"土光敏夫以此为座右铭，他每天第一个走进办公室，几十年如一日，从未请过假，从未迟到过，一直到八十高龄的时候还与老伴一起住在一间简朴的小木屋中。

土光敏夫为了杜绝浪费，还借着一次参观的机会，给东芝的董事上了一课。

有一天，东芝的一位董事想参观一艘名叫"出光丸"的巨型油轮。由于土光敏夫已看过几次，所以事先说好由他带路。那一天是假日，他们约好在"樱木町"车站的门口会合。土光敏夫准时到达，董事乘公司的车随后赶到。董事说："社长先生，抱歉让您久等了。我看我们就搭您的车前往参观吧！"董事以为土光敏夫也是乘公司的专车来的。土光敏夫面无表情地说："我并没乘公司的轿车，我们去搭电车吧！"董事当场愣住了，羞愧得无地自容。

这件事立刻传遍了整个公司，整个公司的人再也不敢随意浪费公司的物品了。由于土光敏夫以身作则，努力工作，东芝的情况才逐渐好转。

土光敏夫认为，以董事长之尊从事推销是理所当然的事，不会因此有失身份。当然，管理者亲躬亲为，只是一种示范行为，并不是每笔交易都需要亲自去。

有一次，土光敏夫听业务员反映，公司有一笔生意怎么也做不成，主要原因是买方的课长经常外出，多次登门拜访他都扑了空。土光敏夫听到这种情况，沉思了一会，然后说："是吗？请不要泄气，待我上门试试。"业务员听到董事长要亲自上门推销，不觉大吃一惊。一是担心董事长不相信自己的真实反映；二是担心董长事亲自上门推销，万一又碰不到那位课长，岂不是太丢一家大公司董事长的脸。但土光敏夫并不考虑那么多，也不顾及什么面子问题，最重要的是能够做成生意就行。

第二天，他真的亲自来到那位课长的办公室。果然，也是未能见到那位课长。但他并没有马上告辞，而是坐在那里等候。等了老半天，那位课长才回来。当他看了土光敏夫的名片后忙不迭地说："对不起，对不起，让您久等了！""贵公司生意兴隆，我应该等候。"土光敏夫毫无不悦之色，相反微笑着说。那位课长明知自己企业的交易额不算多，只不过几十万日元，而堂堂的东芝公司董事长竟然亲自上门进行洽谈，于是很快就谈成了这笔交易。最后这位课长热切地握着土光敏夫的手说："下次，本公司无论如何一定买东芝的产品，但唯一的条件是董事长不必亲自来。"

如今，日本东京电器公司已经跻身于世界著名企业行列，成为世界100强企业，这与土光敏夫以身作则的管理制度是分不开的。

现实生活中很多人只要求别人，却看不见自己的缺点，这样是不可能取信于人的。良好的示范是最佳的训词，能够以身作则，才能成为典范，成为真正的领袖。

# 第五辑
# 每个人都是自己的明星

德莱顿曾经说过："信心可以使一个人征服他相信可以征服的东西。"自信是一个人成功的最基本的要素。只有非常自信，才能成就非凡的事业。面对困难充满自信，永不屈服，失败就会离你很遥远。

英雄豪杰之所以能成为英雄豪杰，很关键的一个原因就是他们相信自己的能力，相信自己有能力超越别人、战胜困难，从而自强不息、奋斗不止、勤奋不辍。在英国历史上，曾经发生过这样一件事：杜邦率军未能攻克克切斯城，在法拉格特将军面前，他找了各种理由为自己开脱。法拉格特将军听完他的汇报后只说了一句话："一个重要的原因你没有讲到，那就是你一开始就不相信自己能成功。"事实的确如此，做一件事情，如果开始你就不相信自己能成功，那么结果绝对不会成功。

我们必须要清楚，只有树立信心，依靠自己的努力，而不是依靠别人的帮助，我们才能在某一方面成为杰出的人物。爱迪生、贝尔、马可尼、海伦·凯勒……这些在不同时代和不同国度对社会、人类产生重要影响的人物，都是坚信自己、敢于创新的典范。他们的成功，验证了"相信自己"是所有立志成功者必遵的信条。

相信自己，我们每一个人都是自己的明星。

# 上帝只掌握了一半

无论出于什么原因，被炒鱿鱼可以说是一个人职业生涯的大忌。很多被炒鱿鱼的人在以后的职业生涯中屡屡碰壁，一蹶不振。如果一个人有过被炒18次鱿鱼的经历，那么她的职业生涯会是什么样呢？现在就让我们来看看她的经历。

最早的时候，她想在美国大陆无线电台工作，但是，电台负责人以她的性别不能吸引观众为由，将她拒之门外。但是她毫不气馁，她认为自己有播音的天赋，相信自己在这个领域能取得成功，因此，她一面继续寻找就业机会，一面不断地完善自己的播音技巧。

为了能在播音主持领域继续发展，她只身一人来到了波多黎各。为了能更好地融入当地的社会，她甚至花了三年的时间学习西班牙语。但是她的努力并没有改变她的命运，在波多黎各的日子里，最重要的一次采访，只是一家很小的通讯社委托她到多米尼加共和国去采访暴乱，连差旅费都是自己出的。

在接下来的几年里，她不停地工作，不停地被辞退，有些电视台甚至认为她根本不懂什么叫主持。1981年，她应聘来到纽约一家电台，但是很快被告知，她根本不了解这个时代的主持风格。为此她又一次失业一年多。

有一次，她向一位国家广播公司的电台职员推销自己的节目策划。那位职员当时虽表示了认可，但事后不久，却离开了国家广播公司。尽管如此，她却并没有放弃自己的构想，她又找到了该公司的另一位职员，可仍然没有结果。最终，她说服第三位职员雇用她。这位职员虽然同意了，但不同意她做谈话节目，而是要她主持政治主题节目。

她对政治一窍不通，但是她的确不想失去这份工作，于是她开始"恶补"政治知识。

1982年夏天，她主持的政治节目正式开播了，凭着她熟练的主持技巧和平易近人的风格，迅速赢得了大部分听众。她邀请听众打进电话一起畅谈他们在美国国庆日的感受，讨论国家的政治活动，甚至是总统选举。

这一举动在美国电台史上是史无前例的，迅速引起了听众的极大兴趣。她独特的爽朗、坦诚的谈吐吸引了挑剔的美国听众，使她几乎在一夜之间成名，她的节目成为全美最受欢迎的政治节目。她叫莎莉·拉斐尔。她用自信赢得了"可爱的女士"这一美称。

如今，莎莉·拉斐尔已经是拥有800万观众，曾经两度获得主持人大奖，并成为美国一家自办电视台节目的享誉世界的著名主持人。可谁又曾知道，在她30年的职业生涯中，曾有过18次被辞退的人生经历。

在美国、英国、加拿大的传媒界，她就是一座金矿，拥有数以万计的"拉斐尔迷",无论她到哪家电视台、电台,都会带来巨额的收益。

莎莉·拉斐尔说:"在那段时间里,平均每1.5年,我就被人辞退一次,有些时候,我甚至认为我这辈子完了。但我相信,上帝只掌握了我的一半,我越努力,我手中掌握的另一半就越大,我相信终有一天,我会赢了上帝。"

无论在生活还是工作中,受挫的确是一种很不愉快的经历,但这绝不意味着你的人生就此结束。你一定要把这经历当成一笔财富,在挫折中看到成功的因素,总结教训,苦练内功。一定要相信自己,这一次的失败,很可能成就人生中的成功逆袭!

# 信念一旦失去

信念的力量非常惊人。因为信念，在体育比赛中，经常出现弱队战胜强队，大爆冷门；因为信念，在商战中，实力弱的公司战胜实力强的公司屡见不鲜……我们只要拥有信念就能产生奇迹。那么，信念一旦失去呢……

在美国纽约，有一位年轻的警察叫亚瑟尔，在一次追捕行动中，他被歹徒用冲锋枪射中左眼和左腿膝盖。三个月后，当他从医院里出来时，完全变了一个样：一个曾经高大魁梧、双目炯炯有神的英俊小伙子，现已成为一个又跛又瞎的残疾人。

鉴于他的表现，纽约市政府和其他各种组织授予他许多勋章和锦旗。纽约有线电台记者专程采访了他，记者问他："您以后将如何面对所遭受到的厄运呢？"

亚瑟尔说："我只知道歹徒现在还没有被抓获，我要亲手抓住他。"他那只完好的眼睛里投射出一种坚毅的、令人不寒而栗的愤怒之光。

从此以后，亚瑟尔不顾任何人的劝阻，参与了抓捕那个歹徒的行动。他几乎跑遍了美国各地，甚至有一次为了一个微不足道的线索，独自一人乘飞机去了欧洲。

9年后，那个歹徒终于被抓获了，当然，亚瑟尔起了非常关键的作用。在庆功会上，他再次成为英雄，许多媒体称赞他是最坚强、最勇敢的人。

然而，令人意想不到的是，这之后不久，亚瑟尔却在卧室里割脉自杀了。在他的遗书中，人们读到了他自杀的原因："这些年来，让我活下去的信念就是抓住凶手……现在，伤害我的凶手被判刑了，我的仇恨化解了，生存的信念也随之消失了。面对自己的伤残，我从来没有这样绝望过……"

失去一只眼睛，或者一条健全的腿，都是不可怕的，真正可怕的，是失去自己心中的目标。

实施阿波罗登月计划的那些人，在受训期间都非常认真，因为他们即将进行的是人类历史上前所未有的壮举。但是，当他们真正登上了月球，极度兴奋之后却是严重的失落感，因为接下来，他们将很难再找到像登上月球这么值得让他们挑战的目标。

许多人之所以活得充实，是因为他们有着永恒的信念。对于人生而言，不时地调整自己的状态固然很重要，但比这更重要的是，要有一种坚韧不拔的信念。因为大量的事实证明，人的老化不是始于肉体，而是开始于精神。

我们的生命中什么都可以缺，譬如失去一只眼睛、一条腿，但就是不能失去信念。在人生的奋斗中，我们的面前不可避免地横亘着一道又一道的难关。面对困难，倘若我们心存疑虑、畏首畏尾，势必寸步难行、一事无成。我们只有坚定信念、鼓足勇气、突破心障，才能不断地超越自我，越上人生之巅，达到更高的境界。

# 成功就是做最好的自己

　　有一个小男孩，从小父母离异，跟着母亲生活。因为生活拮据，一家五口，挤在一间四面漏风的木板房里，睡的是"上下铺"的高低床，把豉油捞饭当作天下最好的美食。他从小就长相一般，寡言孤僻。小伙伴们都觉得他又脏又不好看，都不愿跟他在一起玩。上学后，更是受到同学的奚落和羞辱，被人称为"没有父亲的野孩子"，他曾经自认为是这个世界上最不幸的人。

　　读书时，他非常顽皮、好动、贪玩，成绩也一直不好，为此，每次的家长会，他的母亲必被请到。

　　他对拳击和武术有着狂热的兴趣，每场比赛必看。从小，他练得最多的就是咏春拳和铁砂掌，后来还偷偷练过泰拳，最喜欢李小龙自创的"截拳道"。他几乎每天勤练功夫，甚至还与其他小孩打架比试，切磋武艺，为此，没少受到母亲的责骂。他曾经渴望做一名像李小龙那样的功夫高手，但却因体质较弱，最终没能被体校选中。

他的第一份工作是在一个公司做助理，但因种种原因，他没能继续在那家公司任职。

他在茶楼当过跑堂，在电子厂当过工人，但结果都未能长久。

1983年，他结业成为香港无线艺员。同年被选派到儿童节目"430穿梭机"当主持人，一做就是4年。当时有记者写过这样一篇报道，说他只适合做儿童节目的主持人。他把这篇报道贴在床头最为醒目的位置，时时提醒和勉励自己：握紧拳头，一定要做出一番像样的事业，让人们对自己刮目相看！

从此，他充分发挥自己的潜能，痴迷上了演艺事业。从早期的跑龙套开始，他一步一步地迈进了影视圈。但是，在繁星璀璨的香港影视圈，他只能扮演一些名不见经传的小配角，勉强混个盒饭。对待失败，他从没有选择放弃，也不去和别人攀比。他在日记中写道：一步一个脚印，努力地做好自己！

有这样一个真实的个人经历：在片场，他曾扮演一具死尸，大火烧身，在导演没有喊停时，他一直强忍剧痛。这种近乎残酷的坚毅表演，使他在圈内逐渐有了名气。继而，他独辟蹊径，赋予自己扮演的角色以幽默俏皮的风格。正是看似荒诞不经的"无厘头"表演以及那种小人物的市侩和富有正义的矛盾对立，使他开创了喜剧表演的先河。

虽然，他最终没有成为像李小龙那样的功夫高手，但他却用另一种观众喜闻乐见的艺术形式，成为了一个最出名的喜剧演员，他的名字叫周星驰。20年前，他是被人呼来唤去的"星仔"，20年后，他的名字叫作"星爷"。

　　成功的定义，有时候就是这么简单。像周星驰那样，无论身处什么岗位，都不在乎别人如何评价，更没有必要去和别人攀比。成功不可复制，关键是如何在平凡的岗位中，演绎好自己不平凡的角色。很多时候，成功就是做最好的自己。

# 相信自己

　　一直以来，英国人约翰逊经营的都是日常百货的小本买卖。他过着平凡而又体面的生活，但并不是他理想的生活。他家的房子既窄小又陈旧，也没有钱买他们想要的东西。约翰逊的妻子并没有抱怨，很显然，她只是安于天命，实际上生活得并不幸福。但约翰逊的内心深处变得越来越不满。当他意识到爱妻和他的两个孩子并没有过上好日子的时候，心里就感到深深的刺痛和内疚。

　　后来，约翰逊拥有了一所占地两英亩的漂亮新家，对他们来说空间已经够大，而家里的设计能让人感觉很舒适。他和妻子再也不用担心能否送他们的孩子上一所好的大学了，他的妻子在花钱买衣服的时候也不再有一种犯罪的感觉了。有一年，他们全家都去欧洲度假，并在欧洲度过了一个难忘的圣诞。约翰逊过上了真正想要的生活。

　　约翰逊说："这一切的发生并不是偶然的，是因为我利用了信念的力量。几年以前，我听说在休斯敦有一个经营日杂百货的工作。那时，我们还住在亚特兰大。我决定试试，希望能多挣一点钱。我到达休斯敦的时间是星期天的早晨，但公司与我面谈还得等到星期一。晚饭后，我坐在旅馆里静思默想，突然觉得自己是多么的可笑。这到底是为什么，上帝怎么这样对我！为什么我总是逃脱不了失败的命运呢？"

约翰逊不知道那天是什么力量促使他做了这样一件事：他取了一张旅馆的信笺，写下几个他非常熟悉的、在近几年内远远超过他的人的名字。其中一个原来是邻近的农场主，现在已经搬到更好的地区去了；另一位约翰逊曾经为他工作过；最后一位则是他的妹夫。约翰逊问自己：这三位朋友拥有的优势是什么呢？他把自己的智力与他们做了一个比较，约翰逊觉得他们并不比自己更聪明；而他们所受的教育，他们的正直，个人习惯等，也并不拥有任何优势。终于，约翰逊想到了另一个成功的因素，即主动性。约翰逊不得不承认，他的朋友们在这点上胜他一筹，而他总是在被逼无奈时才采取某些行动。

当时已快深夜两点钟了，但约翰逊的脑子却还十分清醒。他第一次发现了自己的弱点。他深深地挖掘自己，发现缺少主动性是因为在内心深处，他并不看重自己，对自己没有信心，更别谈什么远大的抱负了。

约翰逊回忆着过去的一切，就这样坐着度过了一夜。从他记事起，约翰逊便缺乏自信心，他发现过去的自己总是在自寻烦恼，自己总对自己说不行，不行，不行！他总在表现自己的短处，几乎他所作的一切都表现出了这种自我贬值。

终于约翰逊明白了：如果自己都不信任自己的话，那么将没有人信任你！

于是，约翰逊做出了决定："我一直都是把自己当成一个二等公民，从今以后，我再也不这样想了，我要成为一个优秀的公民，一个优秀的丈夫，一个优秀的父亲。"

第二天上午，约翰逊仍然保持着那种高昂的自信心。他暗暗想把这次与公司的面谈作为对自己自信心的第一次考验。在这次面谈以前，约翰逊希望自己有勇气提出比原来工资高一到两倍的要求。但是，经过这次自我反省后，约翰逊认识到了他的自我价值，因而把这个目标提高了三倍。结果，约翰逊达到了目的。他获得了成功。

一个人成就的大小，往往取决于你自信心的大小。如果你对自己的能力心存怀疑，你就无法成就自己的梦想。你只有相信自己，自信心才会在你心里复苏、生根，并指引你走向成功。

# 赶走你的自卑

唐拉德·希尔顿曾说，许多人一事无成，就是因为他们低估了自己的能力，妄自菲薄，以至缩小了自己的成就。被自卑所控制，其精神生活必将受到严重的束缚，聪明才智和创造力也会因此受到影响而无法正常发挥。只有那些对自己具有充分信心的人，才能勇于挑战人生中遇到的各种困难。

曾任美国国会参议员的爱尔默·托马斯15岁时常常被忧虑恐惧和一些自我意识所困扰。比起同年龄的少年，他不但长得太高了，而且瘦得像根竹竿。他除了身体比别人高之外，在棒球比赛或赛跑各方面都不如别人。同学们常常取笑他，封他一个"马脸"的外号。被同学如此地嘲笑和排斥，让托马斯产生了严重的自卑心理，加之他的自我意识极重，渐渐地他开始不喜欢见任何人。又因为他家住在农庄里，离公路很远，也碰不到几个陌生人，平常只见到他的父母及兄弟姐妹，这又加重了他的自闭意识。

虽然托马斯也被这些自卑情绪困扰，但托马斯没有任凭这些烦恼与恐惧占据自己的心灵。

托马斯说："如果我任凭烦恼与恐惧占据我的心灵，我恐怕一辈子也无法翻身。一天二十四小时，我随时为自己的身材自怜。别的什么事也不能想。我的尴尬与惧怕实在难以用文字形容。我的母亲了解我的感受，她曾当过学校教师，因此他告诉我：'儿子，你得去接受教育，既然你的体能状况是这样，你只有靠智力谋生。'"

但是，不久之后发生的几件事帮助他克服了自卑感。其中有一件事带给了他勇气、希望与自信，改变了他今后的人生。这些事情的经过是这样的：

第一件：入学后八周，托马斯通过了一项考试，得到一份三级证书，可以到乡下的公立学校授课。虽然证书的有效期只有半年，但这是他有生以来，除了他母亲以外，第一次证明别人对他有信心。

第二件：一个乡下学校以月薪40美元的工资聘请他去教书，这更证明了别人对他的信心。

第三件：领到第一张支票后，他就到服装店，买了一套合身的服装。

第四件：这是他生命中的转折点，战胜尴尬与自卑的最大胜利，发生在一年一度举行的集会上，母亲敦促他参加集会上的演讲比赛。当时对他来说，那简直是天方夜谭。他连单独跟一个人说话的勇气都没有，更何况是面对很多人。但是在母亲的坚持下，他还是报名了，并且为这次演讲做了精心的准备。为了把演说内容记熟，他对着树木与牛群演练了上百遍。结果完全超出了预料，他得了第二名，并且赢得了一年的师范学院奖学金。

后来托马斯在回忆自己的人生历程时，不止一次说过："这四件事成为我一生的转折点。"

自卑其实就是自己和自己过不去，为什么老要和自己过不去呢？你不觉得自己身上也有许多可爱的地方、令人骄傲的地方吗？也许你不漂亮，但是你很聪明；也许你不够聪明，但是你很善良。人有一万个理由自卑，也有一万个理由自信！丑小鸭变成白天鹅的秘密，就在于它勇敢地挺起了胸膛，骄傲地扇动了翅膀。

## 发现自己的那一天，就是遇到圣人的时候

在生活中我们要有一双善于发现的眼睛，不仅是要发现别人的优点，更重要的是学会发现自己的优点。善于发现别人的优点是一种尊重，被别人发现是一种承认，自我发现则是一种自信，更是一种本领。无论我们自己长得美还是丑，无论我们活的伟大还是渺小，我们都要对自己充满自信，学会欣赏自己。

1947年，美孚石油公司董事长贝里奇到开普敦巡视工作。他在卫生间里，看到一位黑人小伙子正跪在地板上擦水渍，让他惊奇的是，这个黑人小伙子每擦完一块地板，就虔诚地叩一下头。

贝里奇感到很奇怪，问他为何这么做？黑人回答说，在感谢一位圣人。

贝里奇很为自己的下属公司拥有这样的员工感到欣慰，问他为什么要感谢那位圣人？黑人说，是圣人帮着他找到这份工作，让他终于有了饭吃。

贝里奇笑着说：我曾遇到一位圣人，他使我成为了美孚石油公司的董事长，你愿意见他一下吗？黑人说，我是位孤儿，从小靠锡克教会抚养，我很想报答养育之恩，这位圣人若使我吃饭之后，还有余钱了却心愿，我非常愿意去拜访他。

贝里奇说，你知道吗，在南非有一座很有名的山，叫大温特胡克山。我遇到的那位圣人就住在这座大山上。他能为人指点迷津，凡是能遇到他的人都会前程似锦。就是20年前，我去南非曾经登上过那座山，我的运气非常好，正巧遇到他，并得到他的指点。我才取得了今天的成就。假如你愿意去拜访，我可以让你的经理准你一个月的假。

这个年轻的黑人相信了贝里奇的话，他向经理告了假，简单地收拾了一下行囊就上路了。他一路披荆斩棘、风餐露宿，过草地、穿森林，历尽艰辛，一个月后他终于登上了白雪覆盖的大温特胡克山。他在山顶徘徊了一天，四处寻找圣人的踪迹。但是让他非常失望的是，大温特胡克山顶上除了自己，他连个鬼影都没有找到。

黑人小伙很失望地回来了，他遇到贝里奇后说的第一句话是："董事长先生，看来我的运气非常差。这一路我处处留意，直到山顶，我发现，除我之外，没有什么圣人。"

贝里奇微笑着说："你当然找不到圣人了。因为，在大温特胡克山，除你之外，根本没有什么圣人。"

20年后，这位黑人小伙子做了美孚石油公司开普敦分公司的总经理，他的名字叫贾姆纳。2000年，世界经济论坛大会在上海召开，他作为美孚石油公司的代表参加了大会。在一次记者招待会上，当记者问他是如何开始自己传奇人生的时候，他只淡淡地说了这么一句话：你发现自己的那一天，就是你遇到圣人的时候。

　　发现自己就是遇到圣人。发现自己，你才会发现生活如此美好；发现自己，你才会感受到命运的公正无私；发现自己，你才会体会到生活的幸福；发现自己，你才会准确把握自己的人生。

# 西格的"自信罐"

　　有个叫西格的女人，自从接连生了三个孩子之后，就整天烦躁不安。4岁的孩子整日吵闹，19个月大的孩子整夜哭叫，还有一个婴儿需要不断地喂奶。那一段日子，西格的精神就要崩溃了。长期的睡眠不足使她无法以正常的心态看待周围的世界，也无法正常地看待自己。她甚至怀疑自己天生就"低能"，连几个孩子都照看不了，以后还能做什么呢？

　　这时候，她的一个叫海伦的朋友从另外一个城市托人给她带来一份礼物。她打开一看，是一个装饰得很漂亮的陶瓷容器，上面还贴着一个标签，写着"西格的自信罐，需要时用"。罐子里面装着几十个用浅蓝色纸条卷成的小纸卷，每个小纸卷上都写着海伦送给西格的一句话。西格迫不及待地一个个打开，只见上面分别写着：

　　上帝微笑着送给我一件宝贵的礼物，她的名字叫"西格"。

　　我珍惜你的友谊。

　　我欣赏你的执着。

　　我希望住在距你的厨房100英尺远的地方。

你很好客。

你有宽广的胸怀。

你是我愿意一起在一家百货公司转上一整天的那个人。

你做什么事情都那么仔细，那么任劳任怨。

我真的相信你能做好任何你想做的事情。

我给你提两点建议：第一，当你完成一件自己想干的事情，或者得到别人的称赞和肯定的时候，就写一张小纸条放在这个罐里。第二，当你遇到困难和挫折，或者有点心灰意冷的时候，就从这个小罐里拿出几张纸条来看看。

读到这里，西格的眼圈湿了。因为她深深地感觉到，她正被别人爱着，被别人关心着，困难只是暂时的，自己也是很棒的。从那以后，西格把这个"自信罐"摆在最醒目的地方，只要遇到压力和困难，就情不自禁地伸手去摸。

15年以后，西格当了一所幼儿园的园长。很多家长都愿意把孩子送到她这家幼儿园，因为她的自信激发了孩子们的自信。从这所幼儿园走出去的孩子，每个人都有一个"自信罐"。

自信来源于自知。任何人来到这个世界上，都拥有别人所不能拥有的东西。一个人生活的过程，也就是寻找和探索的过程。只要自己的"人生密码"和"事业密码"对上号，就像一把钥匙打开了一把锁，接着徐徐开启的，便是成功的大门。你不擅长数学，却擅长语文；不擅长语文，却擅长音乐；不擅长音乐，却擅长绘画；不擅长绘画，却擅长体育；不擅长体育，却擅长工艺；不擅长工艺，却擅长……总有一种事业，总有一样东西，会让你大放异彩、出类拔萃。只是有很多人，在寻找的途中，因为困难，因为压力，因为气馁，便轻言放弃。

他们缺少的，正是这样一个"自信罐"。

如果一个人不相信自己能完成一件别人从来没有做过的事情，他就永远不会实现它。能够成就一番事业的，永远是那些相信自己的人，敢于想他人不敢想，为他人不敢为的人。我们要敢于向规则挑战，培养自己的创造力。

# 没有比脚更长的路

　　一支由24人组成的探险队，到亚马逊河上游的原始森林去探险。由于热带雨林的特殊气候，许多人因身体严重不适应等原因，相继与探险队失去了联系。

　　直到两个月以后，才彻底搞清了这支探险队的全部情况：在他们24人当中，有23人因疾病、迷路或饥饿等原因，在原始森林中不幸遇难；他们当中只有一个人创造了生还的奇迹，这个人就是著名的探险家约翰·鲍卢森。

　　在原始森林中，约翰·鲍卢森患上了严重的哮喘病，饿着肚子在茫茫林海中坚持摸索了整整三天三夜。

　　在此过程中，他昏死过去十几次，但心底里强烈的求生欲望使他一次又一次地站了起来，继续做顽强的垂死抗争。他一步一步地坚持，一步一步地摸索，生命的奇迹就这样在坚持与摸索中诞生！

　　后来，许多记者争先恐后地采访约翰·鲍卢森，问到最多的一个问题是："为什么唯独你能幸运地死里逃生？"

　　他说了一句非常具有哲理的话："世界上没有比人更高的山，

也没有比脚更长的路。"

天无绝人之路。只要有脚，就会有路。这就是支撑约翰·鲍卢森死里逃生的信念。

还有这样一个故事。古老的阿拉比王国坐落在大漠深处，多年的风沙肆虐，使昔日富饶的城市变得满目疮痍，城里的人越来越少。国王意识到了危机。

一天，国王将四个王子召集到一起，对他们说："我打算将国都迁往美丽而富饶的卡伦。卡伦离这里很远很远，要翻过许多崇山峻岭，要穿过草地、沼泽，还要涉过很多大河，但究竟有多远，没有人知道。我决定让你们四个分头前往探路。"

四个王子都惊异于国王的决定，但他们还是服从了命令，带上充足的物品出发了。

大王子乘车走了八天，翻过四座大山，来到一望无际的草地，他一问当地人，才知道过了草地，还要过沼泽，还要过大河、雪山。他想到路途如此艰难和遥远，于是停止了前进。

二王子策马穿过一片沼泽后，被一条宽阔的大河挡住了去路，望着奔涌的河水，他也掉转了马头。

三王子漂过了两条大河，却又走进了一望无际的大漠，在茫茫的沙漠中，他茫然不知所措，于是开始搜寻着回来的路。

一个月后，三个王子陆续回到国王的身边，将各自沿途所见所闻报告给国王，并都再三强调，他们经历了很多艰难，也在路上问过很多人，也都告诉他们去卡伦的路很远很远。

又过了六天，小王子风尘仆仆地回来了，他兴奋地向父亲报告——到卡伦只需十八天的路程。

国王满意地笑了："孩子，你说得很准，其实我早就去过卡伦。"

几个王子不解地望着国王——那为什么还要派我们去探路？

国王一脸郑重地说道："我只想告诉你们四个字——脚比路长。"

人生路漫漫，多有崎岖坎坷。但是，正如一句谚语所说："没有比人更高的山，没有比脚更长的路。"路的长短，完全取决于你的双脚。只要执着地、永不放弃地走下去，你就会踏平坎坷，在成功的路上走得很远，很远……

# 站直了，别倒下

　　"站直了，别倒下！"这是很多人用来鼓励自己和他人的话。越是苦难的时候，越不能灰心丧气，要充满信心，不要放弃希望，一切终将会过去的。即使全世界都抛弃了你，你也不要放弃你自己，放弃希望。

　　美国前总统罗斯福还是参议员的时候，英俊潇洒，才华横溢，深受身边所有人的喜爱。然而在罗斯福39岁的时候，不幸却突然降临了。有一天，罗斯福在加勒比海度假，游泳时突然感到腿部麻木，动弹不得。幸亏旁边的人及时发现才避免了一场悲剧的发生。

　　经过医生诊断，罗斯福被证实患上了"腿部麻痹症"。医生对他说："慢慢地你可能会丧失行走的能力。"然而，罗斯福并没有被医生的话吓倒，反而笑呵呵地对医生说："我还要走路，而且要走进白宫。"

　　第一次竞选总统时，罗斯福对助选员说："你们布置一个大讲台，我要让所有的选民看到我这个患麻痹症的人，可以'走到前面'演讲，不需要任何拐杖。"当天，他穿着笔挺的西装，面容充满自信，从后台走上演讲台。他的每次迈步声，都让每个美国人深深感受到他的意志和十足的信心。后来，罗斯福成为美国政治史上唯一的连任四届的伟大的美国总统。

我们再来看一个反面的例子。

尼克松也是我们极为熟悉的美国总统，但就是这样一个大人物，却因为一个缺乏自信的错误而毁掉了自己的政治前程。1972年，尼克松竞选连任。由于他在第一任期内政绩斐然，所以大多数政治评论家都预测尼克松将以绝对优势获得胜利。然而，尼克松本人却很不自信，他走不出过去几次失败的心理阴影，极度担心再次失败。在这种潜意识的驱使下，他鬼使神差地干出了后悔终生的蠢事。他指派手下人潜入竞选对手总部的水门饭店，在对手的办公室里安装了窃听器。事发之后，他又连连阻止调查，推卸责任，在选举胜利后不久便被迫辞职。本来稳操胜券的尼克松，因缺乏自信而导致惨败。

成功学的创始人拿破仑·希尔说："自信，是人类运用和驾驭宇宙无穷大智的唯一管道，是所有'奇迹'的根基，是所有科学法则无法分析的玄妙神迹的发源地！"罗斯福即使在身体残疾时，也总是对自己充满自信，总是充分相信自己的能力，深信所作的事业必能成功，因此在他做事时，就能付出全部精力，排除一切艰难险阻直到胜利。其实对于你的梦想能否实现，真正有影响的观点是你自己的观点，很多事情的成功，最主要的是靠不屈不挠的意志力与绝对的自信。

"这个世界上，没有人能够使你倒下，如果你自己的信念还站立的话。"这是黑人领袖马丁·路德·金留下的一句很激励人心的话。生命本身是一种挑战，即使自己有缺陷，但是只要不认输，我们都会依靠自己的自信、智慧和能力取得成功。

# 第六辑
# 敢拼才会赢

拼搏是一种刚烈而不过火的激昂，一种超越而不违背实际的奋进，一种青春永驻的自信，一种乐观向上的人生活力。

每一个成功者都有一个开始，勇于开始，才能找到成功的路。没有永不服输、坚韧顽强的精神；没有敢为天下先、勇于承担风险的胆量，任何时候都成不了大业。大凡成功人士，都有着敢想、敢闯、敢干的过人胆量和不畏惧困难的拼搏精神。

面对困难，我们不能退缩，唯一的选择就是勇敢面对，坚定果决地拼一把，用努力换取成功，闯过来的人都会说："相信自己，没有什么不可能！"

海伦·凯勒面对黑暗与无声的世界，她没有倒下，凭着顽强的毅力和超乎常人百倍的努力成为闪耀文坛的巨星；随后走来的张海迪、邰丽华，都以她们刚毅果敢的英姿见证了历史的承诺：敢拼才会赢！

从古代数术专家祖冲之到当代数学巨擘华罗庚；从抗倭名将的戚继光到为民造福的袁隆平；从大唐诗坛的李白、杜甫到现代文坛的巴金、沈从文，都是在自信中求得发展，拼搏中铸就辉煌！

作为当代青年，我们更需要这种勇于拼搏的精神。我们肩负着祖国未来的重任，我们将引领时代的潮流，我们要闯出一条前人没有走过的光明之路，面对前进路上的崎岖坎坷，我们怎能轻言放弃？我们需要自信，更需要拼搏！

年轻的生命不允许蹉跎等待，不允许踟蹰退缩！"莫等闲，白了少年头，空悲切！"人生短暂，韶华易逝，趁我们还年轻，朋友们，拼搏吧！

# 一切皆有可能

　　大多数人都是有志于表现自己的，但是真正勇于表现自己的人又不是很多，原因就是他们被过度的胆怯与缺乏自信所束缚、所阻挡，他们的内心一直都处于跃跃欲试的状态，但是却又总是因为害怕失败而不敢妄自行动。由于害怕那些流言蜚语，他们变得胆小怯懦，畏缩不前。如此这般等待又等待，他们只是希望有一种神秘的力量来将他们的内心彻底释放，并赋予他们信心和希望。然而，仅仅有这种强烈的渴望又能解决什么呢？如果他们依然遵循自己传统的思维模式，认为太多的事情是不可能的，那就真的没有"可能"了。

　　很多年以前，田径界的人们都认为要在4分钟内跑完1英里(1英里：1.6093千米)的路程是件绝对不可能的事。然而，这种说法只持续到了1954年5月6日这一天。因为1954年5月6日美国运动员班尼斯特一举打破了这项世界纪录。这使得业内的每一个人为之震惊，他们都想知道他是怎么做到的。在一次记者招待会上，班尼斯特又被问及同样的问题，他回答说："每天早上起床后，我都要大声地对自己说：'我一定可以在4分钟内跑完1英里!我有信心去实现这个梦想。'喊完这些后，我就会去训练场地，在教练库里顿博士的指导下进行艰苦的体能训练。结果，我就真的实现了我的梦想：我用3分56秒6的成绩打破了1英里跑的世界纪录。"

更有趣的是，班尼斯特的这项世界纪录才仅仅是一个开端。在接下来的一年里，居然有37人进榜，而再接下来的一年里，进榜人数竟高达三百来人之多。班尼斯特不仅以自己的信心挑战了众人所谓的"不可能"，还以自己的成功为其他人提供了一个新的依据，使得越来越多的人认识到："一切皆有可能!"

你想拥有一个成功的人生吗？那就不要随声附和那些高呼"不可能"口号的人们！让自己变得自信，变得勇敢，冲破束缚你的厚厚的茧，向那些"不可能完成"的任务挑战！这种勇于挑战未知的精神是我们获得成功的基础。这个世上有太多才华横溢之人，但是并非每一位有才识的人都会成功。同样的基础却可能走向成功与平庸两极，有太多的原因，其中非常重要的一点是：平庸的人缺乏挑战未知的勇气和缺乏冲破传统思维的自信，甘于做个"安全专家"，时时处处谨小慎微。即使困难已经摆在了眼前，他们都不会主动发起"进攻"，而是能躲则躲，能闪则闪。在他们看来，要保住工作，就要保持熟悉的一切，对于那些难度太大的事情，还是躲远一些为好。这样也许不会进步，但至少能够保证现有的，至少不会被撞得头破血流。的确如此，这样相对安全不少。然而，换一个角度想想，倘若他人都在寻求突破，都在追求卓尔不群，那么原地踏步的你，不是已经相对落后了吗？一生平平庸庸地工作，也就注定了一生的碌碌无为。这样的生活你是否愿意过呢？

　　无畏的气概和创造的精神，是所有伟大之人的共同特征。他们根本不把那些陈腐的规则和过时的秩序放在眼里。正如成功大师卡耐基所说："勇于突破自我的束缚，铲除一切阻碍和牵绊，向一个自由而和谐的环境迈进，这是事业成功的首要条件。"

# 勇敢地敲开大门

1791年的秋天，他出生在萨里郡纽因顿的一个铁匠家里，父亲体弱多病，家境十分贫寒。为了贴补生活，他12岁的时候就辍学做报童，后来又在一家书店做装订工。

尽管生活艰辛，工作非常辛苦，但是他还是一有时间就沉浸在自己的梦想里：梦想有一间自己的实验室，成为一名出色的科学家。

1812年，机会悄悄地来了。听说英国皇家学院公开张榜为大名鼎鼎的戴维教授选拔科研助手，他激动不已，立即跑到选拔委员会报名。然而在临近选拔考试的前一天，他意外地接到了一个通知，委员会取消了他的考试资格，原因居然是他只是一个普通的书籍装订工。

异常气愤的年轻人跑到选拔委员会去理论，但选拔委员会的委员们傲慢地说道："年轻人醒醒吧，一个普通的装订工人想到皇家学院来，真是异想天开。当然，除非你能得到戴维教授的同意。"

他犹豫了。如果自己不能见到戴维教授，自己就失去了参加选拔考试的资格。但是一个普通的书籍装订工要想拜见大名鼎鼎的皇家学院教授，谈何容易啊！怎么办呢？

虽然担心戴维教授不会理睬自己，但为了自己的人生梦想，他还是打破了重重顾虑，鼓足了勇气来到了戴维教授家的大门口。在门口徘徊了很久，他终于鼓起了勇气，举起颤抖的手胆怯地叩响了那扇紧闭的大门。

但是并没有人来开门。年轻人听了一下，想：我是不是要继续敲呢？他转过身，看到磅礴而出的红日正如自己多年的梦想，又重新鼓起勇气，再一次叩响了大门。

突然，门"吱呀"一声开了。一位面色红润、须发皆白、精神矍铄的老者出现在了他的面前，老者微笑地看着他，说："快进来吧，门没有锁。"

"教授家的大门整天都不锁吗？"他疑惑地问。

老者爽朗地笑着说："为什么要锁门呢？当你把别人锁在门外的时候，也就把自己关在了屋子里。我才不要当这样的傻瓜呢。"

"您是……"年轻人愣愣地问道。

"我就是戴维。"老者微笑着说。

年轻人高兴得简直要跳了起来，激动得都不知道说什么好了。戴维教授看着他激动的样子，又一次笑了："年轻人，有事来屋里说吧。"

当戴维教授听了这个年轻的书籍装订工的诉说后，丝毫没有犹豫，立即写了一张纸条递给了他："年轻人，你拿着这张纸条去，告诉委员会的那帮人说我已经同意了。"

经过严格而激烈地选拔考试，一位书籍装订工出人意料地成为戴维教授的科研助手。凭借着非凡的勇气，他终于走进了高贵而华丽的英国皇家学院的大门。

他叫迈克尔·法拉第。他在1831年发现的电磁感应现象，预告了发电机的诞生，开创了电气化的新时代。他毕生致力于研究的科学理论——场的理论，引起了物理学的革命。据说，戴维在瑞士日内瓦养病时，有记者问到他一生中最伟大的发现是什么，他绝口不提自己发现的钠、钾、氯、氟等元素，却说："我最伟大的发现是一个人，他是法拉第！"

现实是此案，理想是彼岸。中间隔着湍急的河流，行动则是架在川上的桥梁。任何人的成功都是来自于积极地去寻找机会，发挥创造力。如果你只会坐井观天、守株待兔，那么你永远就只能是井底之蛙，永远只能在树下等待那千万分之一的兔子。

# 永远坐在第一排

美国哈佛大学一位著名教授应邀来中国做演讲，演讲的大礼堂里挤了上千人，没有座位的听众都站在走廊上。可是，最前排却没有一个人坐。见此情景，教授十分惊讶，便问大家："这第一排怎么没有人愿意坐？难道坐着不如站着？"整个大礼堂一片寂静。教授笑着问道："你们是怕坐第一排我向你们提问题吧？"这次，有人回答说："是!"教授微笑着说："你们怕什么呢？提问题有什么可怕的?我又不会吃掉你们！"大家不由得笑了。接着，教授对大家说："在美国，大家都喜欢争着坐第一排，为什么呢？因为坐第一排才能亮出你自己，才能更引人注目。要知道，你引人注目，你才有机会被人赏识，被人看中。在这个人才辈出的社会里，只有坐在第一排，才有可能出人头地!如果你要想取得成功，做出一点成就来，你就得亮出你自己。而最好的办法，就是不管在什么时候，你都永远坐在第一排。坐第一排，就是争第一。坐第一排，就是给自己自信。我正是照着我的老师教我的去做，才取得今天的成绩的！"

20世纪30年代，在英国一个名不见经传的小镇里，有一个叫玛格丽特的小姑娘，从小受到严格的家庭教育。父亲经常向她灌输这样的观点：无论做什么事情都要力争一流，永远走在别人前头，而不能落后于人，"即使坐公共汽车，你也要永远坐在第一排。"父亲从来不允许她说"我不能"或者"太难了"之类的话。

对于幼小的玛格丽特来说，这个要求可能太高了，但她所受到的教育在以后的年代里被证明是非常宝贵的。正是因为从小就受到父亲的"自信教育"，才培养了玛格丽特积极向上的决心和信心。在以后的学习、生活和工作中，她时时牢记父亲的教导，总是抱着一往无前的精神和必胜的信念，尽自己最大努力克服一切困难，做好每一件事情，事事必争一流，以自己的行动实践着"永远坐在第一排"的誓言。

玛格丽特上大学时，学校要求每个学生用5年时间来学习拉丁文课程。她凭着自己顽强的毅力和拼搏精神，硬是在一年内全部学完了。令人难以置信的是，她的考试成绩竟然名列前茅。玛格丽特不单是学业上出类拔萃，在体育、音乐、演讲及学校的其他活动方面也都一直走在前列，是学生中凤毛麟角的佼佼者之一。当年她所在学校的校长评价她说："她无疑是建校以来最优秀的学生，她总是雄心勃勃，每件事情都做得很出色。"

正因为如此，40多年后，玛格丽特连续四届当选为英国保守党领袖，并于1979年成为英国第一位女首相，雄踞政坛长达11年之久，成为享誉世界政坛的"铁娘子"。

　　"永远要坐在第一排"是一种积极向上的人生态度，一种一往无前的勇气和争创一流的精神。在这个世界上，想坐在第一排的人不少，真正能够坐在第一排的却总是不多。许多人之所以不能坐到前排，就是因为他们把"坐在第一排"仅仅当成人生的理想，而没有采取具体行动。

# 争强还要好胜

查里是在布鲁塞罗长大的，那时他非常胆小，而且说起话来口吃得厉害，他最怕被老师叫起来当着全班同学的面说话。有时，查里知道上课时老师会叫他，他就逃学，每逢躲不开的时候，查里就背着全班站着朗读，同学们常常取笑他。

查里真正得到解脱是在15岁的时候。那里正赶上经济大萧条，他不得不辍学，在曼哈顿地区帮父亲和叔叔把服装和鞋送到顾客家里去。父亲和叔叔付不起查里的工钱，但是在这里工作却改变了他的生活道路。

起初查里对歌剧的爱好不断增加——这主要是受妈妈影响，他妈妈是一个业余歌手，她的嗓音优美。听到查里在家里唱歌，她就带他去拜见一位声乐老师。这位声乐老师的工作室就在大都会歌剧院里。查里心里充满了对老师的敬畏。他们交不起学费，但是老师同意靠奖学金教他唱歌。

查里利用午餐的时间，手里抱着一大堆鞋盒和衣物去上课，或是干完了活去上课。查里和妈妈都没有把上课的事告诉父亲，因为他们知道父亲是不会理解的。

一天上完课后查里回家晚了，父亲不知道他为什么这么晚才回家。查里不能再保密了，他忍不住就把上声乐课的事告诉了父亲。虽然父亲不知道什么是声乐课，但他没有阻止查里。

这以后不久，一天查里去第57街送货的时候，看见音乐大厅前围着一群人。原来是一个著名的旅游公司要招收一名暑假帮工，正在这里进行面试。查里唱了一首歌，压倒了40多名对手，得到了这份工作。

那时候他18岁，因为缺乏经验，查里感到非常紧张。但是在工作中他什么活都干，所以这种紧张感很快就消失了。男声合唱队唱歌的时候，查里给他们伴唱。查里同时还为一个青年喜剧演员当助手。第一次听到观众的掌声时，查里就知道他这条路是走对了。连查里自己都不敢相信，他一上台演唱，口吃就消失了。第二次站到一批新的观众面前，他的自信心就得到进一步加强，胆怯也随之消失。查里学到的最重要的东西是：使人变软弱的不利条件是有可能克服掉的。

那天如果查里不去送货，他就永远不会遇上那次面试，就不会有那第一次转机。这段经历告诉查里，只有投身到社会生活中去，在生活中摔打，才会知道能遇到的机会是无穷无尽的。

其实，机会在每个人面前都是平等的，只是每个人抓住机遇的能力不同。如何才能更好地抓住机会呢？恐怕争强好胜是必不可少的条件，只有遇事敢于挑战，才能更有助于一个人到达成功的彼岸，才能使平凡的人做出惊人的事业。

**永远向上**

2011年3月28日，49岁的攀爬高手、有"蜘蛛人"之称的法国人阿兰·罗伯特爬上了当今世界第一高楼——共160层，总高828米的阿联酋迪拜的哈利法塔。

小时候的罗伯特像很多胆小的孩子一样很害羞，但他的内心却非常希望自己能够成为一个既勇敢而又智慧非凡的男子汉。

他后来有了自己的偶像，是几个登山运动员，从此他开始乐此不疲地在离家不远的岩石峭壁上练习。他的攀爬经历始于12岁的某一天，那天他忘记了带家门钥匙，只得从外墙爬进位于8楼的公寓。那一刻，他感觉到了攀爬的作用、意义与滋味。

1982年，20岁的罗伯特已学会攀登岩石的基本技巧，也终于说服父母同意他以攀爬为职业。可是他在攀登生涯中无数次陷入过危险。刚开始攀爬他就从15米高的岩石上摔了下来，头先着地，头盖骨、鼻子、腰、肘部、盆骨、脚后跟都严重摔伤，昏迷了5天，把一家人都吓坏了。当他被救醒后，医生诊断他60%的身体残废，并且告诉他以后再也不能攀爬了，而且眩晕后遗症将永远伴随着他。这个消息如同晴天霹雳，如果不能攀爬了，活着还有什么意义呢？

罗伯特没有被医生的话吓倒，他为自己制订了严格的康复计划，努力锻炼。六个月后，他的身影又出现在了山崖前。这场事故以后，他的身体居然比以前更强壮了，进步飞速，爬楼也更加不害怕了，他说："死过一回的人，已经知道死的滋味了，上帝还不想收我呢！"这件事让罗伯特真正认识到，人类的主观能动性能让一切不可能变成可能。

从此以后，罗伯特就一发不可收地用自己的双手实现了一个又一个奇迹。每一次攀爬，他都要做大量的准备工作，除了勘察地形，计划路线，每天还要查询十多次天气情况，他经常担心攀爬时会被突来的暴风雨卷走。他曾爬过湖南张家界的天门山。那天小雨霏霏，天门山完全被笼罩在浓雾之中。10点53分，罗伯特开始试爬。雨虽然停了，但岩壁还很湿滑，那时山上的温度只有8摄氏度，风力4级。罗伯特登上了第一个平台，不知是紧张还是掉以轻心，差点被自己绊倒，引得下面的观众尖叫连连。之后他像一只身手矫健的猴子，经过40分钟的徒手攀登，成功征服了天门山天门洞左侧约200米的岩壁。

每一次攀爬前，他都会想到死亡。在攀爬之前的几个小时他的精神极度紧张、恐惧；在攀爬的时候，他的整个大脑都要集中在攀爬上，不能有一点点分神，如果他忽然感到害怕了，他就会掉下去粉身碎骨。在他攀爬的生涯中，征服芝加哥的西尔斯大厦让他最有成就感。那是在1999年，在他爬到90层的时候，眼看还有20层就可以登顶了，这时突然来了一场大雾，把西尔斯大厦的表面弄得滑溜溜的，他知道向下是死，向上也是死，那为什么不继续向上呢？所以，他没有放弃！他在心里默念：必须爬到顶！在这个信念的支撑下，最后他终于爬上了楼顶。

每当爬到楼顶，他就仿佛置身于另一个世界。恐惧会让他在登顶后享受到更多的快感，像重生一样，震撼、荡气回肠。

徒手攀登建筑看起来是不可能的，但罗伯特把这种不可能变成了可能。如果把挑战当作生命的哲学，就会把许多的不可能变为可能。直面挑战，勇于接受挑战的魄力，做自己想做的，是叩开成功之门的金钥匙。

# 叩响机会的大门

　　一天，在西格诺·法列罗的府邸正要举行一场盛大的宴会，主人邀请了一大批客人。就在宴会开始的前夕，负责餐桌布置的点心制作人员派人来说，他设计用来摆放在桌子上的那件大型甜点饰品不小心被弄坏了，管家急得团团转。

　　这时，西格诺府邸厨房里干粗活的一个小帮工走到管家的面前怯生生地说道："如果您能让我来试一试的话，我想我可以造另外一件来顶替。"

　　"你？"管家惊讶地喊道，"你是什么人，竟敢说这样的大话？"

　　"我叫安东尼奥·卡诺瓦，是雕塑家皮萨诺的孙子。"这个脸色苍白的孩子回答道。

　　"小家伙，你真的能做吗？"管家将信将疑地问道。

　　"如果您允许我试一试的话，我可以造一件东西摆放在餐桌中央。"这个孩子渐渐镇定了下来。

仆人们这时都显得手足无措了。于是，管家就答应让安东尼奥去试试，他则在一旁紧紧地盯着这个孩子，注视着他的一举一动，看他到底怎么办。这个厨房的小帮工不慌不忙地要人端来了一些黄油。不一会儿工夫，不起眼的黄油在他的手中变成了一只蹲着的巨狮。管家喜出望外，连忙派人把这个黄油塑成的狮子摆到了桌子上。

晚宴开始了。客人们陆陆续续地被引到餐厅里来。这些客人当中，有威尼斯最著名的实业家，有高贵的王子，有傲慢的王公贵族们，还有眼光挑剔的专业艺术评论家。但当客人们一眼望见餐桌上蹲着的黄油狮子时，都不禁交口称赞起来，纷纷认为这真是一件天才的作品。他们在狮子面前不忍离去，甚至忘了自己来此的真正目的是什么了。结果，这个宴会变成了对黄油狮子的鉴赏会。客人们在狮子面前情不自禁地细细欣赏着，不断地问西格诺·法列罗，究竟是哪一位伟大的雕塑家竟然肯将自己天才的技艺浪费在这样一种很快就会熔化的东西上。法列罗也愣住了，他立即喊管家过来问话，于是管家就把小安东尼奥带到了客人们的面前。

当这些尊贵的客人们得知，面前这个精美绝伦的黄油狮子竟然是这个小孩仓促间做成的作品时，都不禁大为惊讶，整个宴会立刻变成了对这个小孩的赞美会。富有的主人当即宣布，将由他出资给小孩请最好的老师，让他的天赋充分地发挥出来。

西格诺·法列罗果然没有食言，但安东尼奥没有被眼前的幸福冲昏头脑，他依旧是一个淳朴、热切而又诚实的孩子。他孜孜不倦地刻苦努力着，希望自己可以成为皮萨诺门下一名优秀的雕刻家。

　　也许很多人并不知道安东尼奥是如何充分利用第一次机会展示自己才华的。然而，却没有人不知道后来著名的雕塑家卡诺瓦的大名，也没有人不知道他是世界上最伟大的雕塑家之一。

　　机会不会主动地找到你，你必须准确认清自己的特长，充分发挥自己的能力，吸引别人的关注才有可能寻找到机会。因此，你必须勇于尝试，只有不停地去叩响机会的大门，总有一扇虚掩的门会为你打开。

# 勇气，一往无前的勇气

克里曼特·斯通生于美国一个并不富裕的家庭。他16岁时便开始帮母亲推销保险，并获得意想不到的成功。被勒令退学后，斯通坚持自学，后进入大学学习法律。

初中毕业升高中的那一年，斯通在暑假帮母亲去推销保险，那年他才16岁。按照母亲的指点，斯通来到一幢办公楼前。他不知道该怎样开始推销，徘徊了一阵后，他有些害怕了，想打退堂鼓，毕竟他还是一个未成年的孩子。回忆这一段经历时，斯通说："我站在那幢大楼外的人行道上，不知道该怎么做，更不知道自己能不能将产品推销出去……我一面发抖，一面默默地对自己说：'当你尝试去做一件对自己只有益处而无任何伤害的事时，就应该勇敢去做，而且应该立即行动。'"于是，斯通毅然走进了大楼。他想，如果被赶出来，就再一次壮着胆进去，决不退缩。结果，斯通没有被赶出来，而且那幢办公楼的每一个房间他都进去了。在这间办公室遭到拒绝，他便毫不犹豫地去敲开下一间办公室的门，不断地劝说人们买他的保险。

皇天不负苦心人，终于有两位职员买了保险。两个客户算不了什么，但对斯通来说，其意义远不止成交了两笔生意，这是他在推销保险方面迈出的重要一步。同时，他还学到了该怎样去克服心理障碍，以及向陌生人推销的方法。从第一天的推销中，他发现了一个秘诀，就是从一间办公室出来后应立刻冲进另一间办公室，这样做是为了不给自己时间犹豫，从而克服自己的畏惧感，让自己勇气十足。

对此，他说："一位成功的推销员，应该具备一股鞭策自己、鼓励自己的内动力。只有这样，才能在大多数人因胆怯而裹足不前的情况下，或者在许多人根本不敢参与的场合上大胆向前，向推销的高境界迈进。正是凭着过人的勇气、自信和上进心，凭着鼓励自己的内动力，我才克服了害怕遭人白眼和被拒绝的心障，勇敢地向每一个可能遇到的陌生人推销自己的商品。"

随着推销业绩的不断上升，斯通对自己做了一个全面的分析。他发现，正是因为自己有了过人的勇气，才获得了如此巨大的成功。

那么，该如何鼓起自己的勇气呢？《世界上最伟大的推销员》中有这样一段话："敢于推销，敢于表现，敢于露脸；相信自己，心有底气，要有勇气，敢于露脸；相信自己，心有底气，要有勇气，永不泄气；丢掉面子，忘掉身份，揪住不放，一揪到底；不怕碰钉，不怕丢人，丢掉胆怯，去掉杂念，一心一意；不怕失败，不怕碰壁，不怕跌倒，不怕重来。"

　　请将这些激励牢记在心吧，你将获得勇气，勇气将给予你特殊的力量去处理不愉快的事情。

　　勇气将使你主动积极、挫而不屈、败而不馁。当你犯错时，会毫无托辞地接受指责。但当有理时，你也会据理力争。勇气就是决断、进取、坚忍。

# 不冒险是最大的冒险

比尔·盖茨靠什么法宝建立他的微软帝国？他为何能在竞争激烈的现代经济社会中独占鳌头而经久不衰？

在比尔·盖茨看来，成功的首要因素就是冒险。在任何事业中，把所有的冒险都消除掉的话，自然也就把所有成功的机会都消除掉了。他的一生当中，一贯的特性就是有强烈的冒险天性。他甚至认为，如果一个机会没有伴随着风险，这种机会通常不值得花心力去尝试。他坚定不移地认为，有冒险才有机会，正是因为有风险，才使得他的事业更加跌宕起伏。

他是一个具有极高天分、争强好胜、喜欢冒险、自信心很强的人，他在本行业的控制力是惊人的，以致有评论说：微软公司正在屠杀对手，几近垄断软件行业。

事实上，对冒险精神的培养，比尔·盖茨从学生时代就开始了。他在哈佛的第一个学年故意制定了一个策略：多数的课程都逃课，然后在临近期末考试的时候再拼命地学习。他想通过这种冒险，检验自己该怎样花尽可能少的时间学习，而又能够得到最高的分数。他做得很成功，通过这个冒险他发现了一个企业家应该具备的素质——如何用最少的时间和成本得到最快、最高的回报。

他总是在培养自己好斗的性格，因而被人称作"红眼"（人在紧张时肾上腺素冲进眼睛，导致眼睛通红）。久而久之，他成为令所有对手都胆怯的人物，因为他绝对不服输，绝对不会退缩，绝对不会忍让，更不会妥协，直到他自己取得胜利。这种个性成为他创业时期最明显的特征，他令一个个对手都败在了自己的手下。

但是他同时又是一个最不满足的人。到了20世纪90年代，他已经成了世界首富，但是不满足的心理依然驱动着他继续自己的冒险事业。他在一次接受记者采访时说："我最害怕的是满足，所以每一天我走进办公室时都自问，我们是否仍然在辛勤工作？有人将要超过我们吗？我们的产品真的是目前世界上最好的吗？我们能不能再加点油，让我们的产品变得更好呢？"

比尔·盖茨最喜欢速度快的汽车和游艇，他个人拥有两部保时捷汽车和两艘快速游艇。毫无疑问，这是他不断锤炼自己的冒险性格的工具，他因而经常接到超速的罚单。

一个人驾驶汽车到沙漠旅行，一个人驾驶飞机飞越崇山峻岭，一个人驾驶游艇遨游大海，这都是比尔·盖茨常做的事。

没有冒险，世界就不会进步，人类的文明和繁荣也就无从谈起。完成任何一件事都不可能有百分之百的把握。即使在我们的日常生活中，也常常有风险。只有充满胆量的冒险，我们才能获得通常难以企及的成功。

# 走一步，再走一步

1993年，伯森汉姆徒手攀登，登上纽约的帝国大厦，在创造了吉尼斯纪录的同时，也赢得"蜘蛛人"的称号。

美国恐高症康复联席会得知这一消息，致电"蜘蛛人"伯森汉姆，打算聘请他做康复协会的心理顾问，因为在美国有八万多人患有恐高症，他们被这种疾病困扰着，有的甚至不敢站在一把椅子上换一只灯泡。

伯森汉姆接到聘书，打电话给联席会主席诺曼斯，让他查一查第1042号会员。这位会员很快被查了出来，他的名字就是伯森汉姆。原来他们要聘做顾问的这位"蜘蛛人"，本身就是一位恐高症患者。

诺曼斯对此大为惊讶。一个站在一楼阳台上都心跳加快的人，竟然能徒手攀上四百多米高的大楼，这确实是个令人费解的谜，他决定亲自去拜访一下伯森汉姆。

诺曼斯来到费城郊外的伯森汉姆住所。这儿正在举行一个庆祝会，十几名记者正围着一位老太太拍照采访。原来伯森汉姆94岁的曾祖母听说汉姆创造了吉尼斯纪录，特意从一百公里外的葛拉斯堡罗徒步赶来，她想以这一行动，为汉姆的纪录添彩。谁知这一异想天开的想法，无意间竟创造了一个耄耋老人徒步百里的世界纪录。

《纽约时报》的一位记者问她，当你打算徒步而来的时候，你是否因年龄关系而动摇过？老太太精神矍铄，说："小伙子，打算一口气跑一百公里也许需要勇气，但是走一步路是不需要勇气的，只要你走一步，接着再走一步，然后一步再一步，一百公里也就走完了。"

恐高症康复联席会主席诺曼斯在旁听着，顿时明白了伯森汉姆登上帝国大厦的奥秘，原来他有"向上攀登一步"的勇气。

古人云"千里之行，始于足下"，这道理古今中外莫不相通，可是，又有几人深得其中真谛？人生不能没有目标、没有想象，但许多人只看到华丽的目标，一味耽于虚拟的目标，幻想一蹴而就，而不是专注于脚下的每一步，一旦遭遇挫折就容易失去信心，愈加觉得目标的遥不可及，以致放弃努力，或半途而废，或功亏一篑。把远大目标分解为一个一个阶段性的小目标，把百里之遥分割为"一步又一步"，认准方向以后，就全神贯注地去走好当下"这一步"，这种"目标切割法"，积小胜为大胜，对于维系信心、提升成功的把握很有帮助。

在生活中，总会有很多机会摆在我们面前，能否抓住这些机会，取决于很多方面的因素，如敏锐的洞察力、善于采纳别人的意见等等，但是最重要的是我们能够立即去做，义无反顾地付诸行动。应该说，这对于成功而言才更有现实意义。

# 第七辑
# 守到黎明见花开

俗话说：世上无难事，只怕有心人。这句话中的"有心"，指的是恒心。只要有恒心，再难的事也能成功。没有坚持的恒心，则将一事无成。

一个人之所以成功，不是上天赐予你的，是日积月累而成的。因此，做事不能存在侥幸心理。幸运也好，成功也罢，永远都是属于有恒心坚持到底的人。

哥白尼之所以成功，就是因为他对天文学的钻研有一种坚持的决心；拿破仑之所以成功，就是因为他对军事有一种坚持的决心；哥伦布之所以成功，就是因为他对新大陆的探索有一种坚持的决心；发明蒸汽机的瓦特、轮船的发明者富尔顿、发明大王爱迪生等无数功成名就的人物，都是对自己从事的事业，有一种特有的持久之心。

烈日下，赶路的人再坚持一会儿，就到达有水喝的村庄了；黎明前，黑暗中的人再坚持一会儿，就能看见曙光了。在人生的每一次考验中，应时刻提醒自己"再坚持一会儿"，这是生命应有的韧性，也是走向成功的基石。

# 坚韧造就的传奇

我们先来说一个人，他19岁那年，在一次和朋友的滑雪中，一不小心撞在了朋友的身体上，折断了脖子，导致颈部以下全身瘫痪。从此以后，这个高大帅气的青年，后半生只能依靠轮椅生活。

再说第二个人，会开汽车不算什么了，他还会驾驶轮船，更难得的是他还是一名飞行员，能熟练地驾驶飞机在天空中翱翔。在他33岁的时候，成功地竞选上了温哥华市的议员。在连续做了12年市议员后，他又被温哥华市民推选为他们的市长。

还有第三个人，他是一个发明家，发明了多种助残设备，他还是一位热心公益事业的慈善人士，创建了多个非赢利助残团体，走到哪里都能受到众人的欢迎。

说实话，以上这三个人单说某一个人也没什么，但是如果我告诉你这三个人其实就是一个人，那就富有传奇色彩了。事实上，他们也的确就是一个人——萨姆·苏利文，一位加拿大的传奇人物。

苏利文是如何由一个残疾人变成一个传奇人物呢？

在刚刚折断脖子的前几年，苏利文也在生与死的抉择中反复挣扎，消沉、绝望一直伴随着他，甚至想过用自杀的方式摆脱这一切。苏利文把受伤前攒的钱都取了出来，买了一辆专门为残疾人设计的汽车。他偷偷设计了开车坠崖的自杀方式，但是经过几次"练习"，他"开车坠崖"的设计都没有成功。此后，苏利文再也无法面对日益老去的父母却仍要像照顾孩子一样照顾他，便坚持离开了家，搬到了一家半盈利半公益的公寓。

一天晚上，在自己的狭小公寓里，苏利文盯着雪白、空旷的墙壁，感觉自己的生命就像这墙壁一样苍白而空虚。他很想摆脱这种深深的绝望，就坐着轮椅来到户外透气。

在落日余晖掩映的城区中，人们行色匆匆，奔走在回家的路上。他们满怀生命激情的活力，奋力摇动生活的风帆。看着眼前的情景，苏利文突然想到，我虽然瘫痪了，但是我的大脑并没有"瘫痪"，还非常好用。我能够自己穿衣吃饭，我还能与人交流，最重要的是我还能微笑。

想到这，苏利文的心底突然涌起一股力量，"我要和所有的普通人一样，像他们一样工作和生活"！苏利文此刻不停地对自己说，"受伤前我有十亿个机会，而现在我还有五亿个"。就在那一刻，一个新的萨姆·苏利文诞生了。

从那以后，苏利文完全变了一个人，他不再消沉、自怨自艾，他如饥似渴地学习知识，全身心地投入到生活中。他不仅自己学会了驾驶飞机，而且还教会了20多位残疾人飞行。他开始参与残疾人公益事业，为了更好地融入社会，土生土长的苏利文甚至学会了中国广东话（温哥华是世界上华人重要的聚集区，其华人数量超过总人口的三分之一）。让苏利文自己都没有想到的是，能讲广东话会在他以后的竞选中收到奇效。在竞选中只要他一说广东话，就迎来华人的热烈掌声，在温哥华几乎所有的华人都把票投给了苏利文。

我们不禁要问，是什么神奇的力量改变了萨姆·苏利文?答案其实很简单，不屈不挠地与生活抗争的坚韧精神。正如他自己所说的：一个人能走多远取决于他面对挑战时的表现，这与他是否坐轮椅无关。

# Never give up

　　这个世界从来没有真正的绝境，有的只是绝望的思维，只要心灵之泉不曾干涸，再荒凉的土地也会变成生机勃勃的绿洲。

　　我们在生活中有时候可能会面临绝境，这种绝境让我们心生沉重，压抑得连呼吸都非常困难，仿佛人生都走到了尽头。其实，事情的发展并不是像我们面临的局面一样，绝境中往往孕育着生机，绝境中常常又会萌生新的希望。这关键是要有一种不绝望的心态。

　　丘吉尔一生最精彩的演讲，是在剑桥大学的一次毕业典礼上，这也是他最后一次演讲。整个会堂有上万名学生，他们正在等候丘吉尔的出现。正在这时，丘吉尔在随从的陪同下走进了会场，他脱下大衣交给身边的助手，然后又从容地摘下帽子，用目光环视全场的听众。过了一分钟后，丘吉尔说了一句话："Never give up！"（永不放弃）说完后穿上大衣，带上帽子离开了会场。这时整个会场鸦雀无声，一分钟后，掌声雷动。

　　这也许是世界演讲史上最简单的一次演讲了，但在场所有的人都无一例外地被这位世纪伟人的生命之音所深深震撼。丘吉尔用他一生的成功经验告诉人们：成功根本没有秘诀。如果有的话，就只有两个，第一个就是坚持到底，永不放弃；第二个就是当你想放弃的时候，请回头再照着第一个秘诀去做：坚持到底，永不放弃！

人只有生活在希望中，才会在面临绝境的时候，萌生生的希望，才会在面临巨大压力的时候，爆发出生命中蕴含的巨大力量，实现飞跃。这一切都取决于你的意志，你的信心和你热爱自己的程度。

在汶川地震中，很多人被掩埋多日，最终被救出，创造了生命的奇迹。更让人惊奇的是，有一只平凡的猪，它在地震灾难中整整熬过了800多个小时，36天，终于等来了救援。它就是我们大家所熟知的"猪坚强"。这件事告诉我们，转机往往就在坚持之中，就在希望之中。

西方有一句谚语：上帝关门之后，又为人类留出另一扇窗。这一刻不绝望，下一刻就有希望。人只有身处绝境，才会有更大的毅力和不懈的坚持，甚至有时只有在绝境中才能逢生。

就算我们不会在快乐的时候微笑，也一定要学会在困难中微笑。不管遇到什么困难、坎坷、挫折，只要我们用理智的头脑去分析、处理，只要我们不绝望，只要我们Never give up，就一定有希望。

# 明天，继续前进！

　　发现新大陆的哥伦布，在面对变幻莫测的天气，吞噬一切的惊涛骇浪，缺乏淡水和食物，水手叛逃的数不尽的困难中，是如何一一克服，最终成为伟大的航海家的呢？几百年后，人们在哥伦布的航海日志中找到了答案。哥伦布在他的日志中记录着天气、每天发生的重要事情，内容非常丰富，几乎每天都不相同。但有一样是相同的，而正是这相同的一点，造就了日后的伟大发现，那就是每天在日志中的最后一句话都是：明天，继续前进！

　　哥伦布还在求学的时候，偶然读到一本毕达哥斯拉的著作，知道地球是圆的，他就牢牢记在了脑子里。

　　经过长时间的思索和研究后，他大胆地提出，如果地球真是圆的，他便可以经过极短的路程而到达印度了。只可惜当时他的家境非常贫寒，没有能力帮助他完成这个远大的理想。哥伦布并没有气馁，为了实现这次伟大的冒险，他决定去见王后伊莎贝拉。但是贫穷的哥伦布连去西班牙的路费都没有，罗马教皇知道哥伦布的志向就送给他65元钱，作为去见王后的路费。哥伦布用这点钱买了一套衣服、一匹驴，一路上连吃饭的钱都没有，沿途只得以乞讨糊口。

王后伊莎贝拉非常赞赏哥伦布的勇气和志向，并答应赐给他三只船，以完成这个伟大的冒险计划。哥伦布在招募水手的时候出了问题，因为前途凶险莫测，没有一个水手愿意和他去冒险。

哥伦布没有办法，就跑到海边拉住几个人，先是哀求，后是说服，要他们答应一起去。他又请求王后释放狱中的死囚，答应他们如果航海成功，就给他们自由。

1492年8月的一天，42岁的哥伦布终于领着87名水手，分乘三只船从巴罗斯港出航了，开始了这次划时代的伟大航行。然而刚航行几天，就有两艘船破了，接着他们又在几百平方公里的海藻中陷入进退两难的险境。他亲自拨开海藻，才得以继续航行。在浩瀚无垠的大西洋中航行了六七十天，也没有看见大陆的踪影。水手们都失望了，他们要求返航，否则就把哥伦布杀死。哥伦布用尽了各种手段，才说服了船员。

也许是天无绝人之路，在继续前进中，哥伦布突然看见了一群飞鸟向西南方向飞去，他立即命令船队改变航向，紧跟这群鸟。因为他知道海鸟总是飞向有食物和适于它们生活的地方，所以他预料到附近可能有陆地。果然哥伦布很快就发现了美洲新大陆。

当他们返回欧洲报喜的时候，又遇上了四天四夜的大风暴，面临着船队覆灭的危险。在这危急的时刻，哥伦布想到的是如何使世界知道他的新发现。于是他将航行中所见到的一切写在羊皮纸上，用腊布密封后放在桶内，准备在船毁人亡后，使自己的发现能够留存在世间。上天对哥伦布还是眷顾的，船队最终幸运地脱离了险境，胜利返航了。

哥伦布的探险成功了。虽然哥伦布不知道自己发现的是美洲新大陆，但是他那种无畏、勇敢和坚持到最后一秒钟的精神，非常值得人尊重。

当水手们要退缩的时候，只有哥伦布勇往直前；当水手们恼羞成怒警告他再不返航，便要杀了他时，他的回复一直是那句话：前进啊！前进！

歌德说："要有坚强的意志、卓越的能力以及坚持要达到目标的恒心，此外都是细节。"我们每个人都应该坚持走自己的路，不要轻易放弃和改变自己的追求。

# 总有一条道路适合你

　　1933年11月19日，拉里·金出生在纽约布鲁克林一个普通的工人家庭。从小，他的口才就不好，即使一句简单的话，他说起来也总是结结巴巴，表述不清。从小学到高中，他的学习成绩一直很差，每次考试，英语都不足70分，口语朗读部分甚至常常不及格，连老师也说他仅仅能混张毕业证书。高中毕业后他打了几年零工，先后做过搬运工，卖过冰棍，跟车送货，在澡堂做过搓澡工，还曾在一家UPS公司当过邮差。但是，由于不善于和人沟通，他的每一份工作都没有超过半年。

　　19岁那年，他决心下海。他拿着从亲戚朋友那里借来的4000美元，在纽约的一个小镇开了一家餐厅。由于不善于经营，这次创业，他几乎血本无归。

　　21岁那年，他和朋友在旧金山合资开了一间海鲜批发部，由于缺乏商业头脑，再次以失败告终。

　　那一段时间，几乎是他人生最为黑暗的时期，他甚至有过自杀的念头。面对着颓废万分的儿子，母亲不停地安慰他：我们无法因为"说话"而知道更多的事情。因此，如果你今天想要知道一些事情，你首先要做的，就是"聆听"，然后才是很好地表达自己。从此，他开始发奋学习，并且开始尝试主动与别人沟通。

22岁那年，他只身从纽约来到南方城市迈阿密，在当地的一家小电台当看门人。在那段时间，每个节假日，他都会到郊外苦练英语发音，旁若无人地对着山谷河流大声呼喊。后来从一本书上得到了启示，他甚至经常用嘴叼着东西说话，力求这样也能发出准确的音调。

一个偶然的机会，台里一个主持人生病，他有幸主持了当天的节目，并得到了台长和观众的好评。从此，他跻身主持人的行列。由于其主持风格幽默，话题辛辣，还能照顾到被采访人的情绪，总能在不经意间打开他们的话匣子，并且能够极好地临场发挥，这使得他在业界逐渐有了名气。

1985年，CNN看中了他，高薪聘请他担任节目主持人。从那年开始，他在CNN主持一档现场直播栏目，很快，该节目一炮打响。他的脱口秀节目成为世界上第一个接听全球听众来电的电视谈话类节目，并且逐渐成为整个电视网中收视率最高的一档王牌节目。

他先后采访过5万多个知名人士，这其中包括世界各地的政府首脑、商业巨鳄、娱乐天王和社会领袖。CNN总裁吉姆·沃尔顿曾这样形容他，他是"我们识别率最高的一张脸，也是这个国家识别率最高的面孔之一"。

他就是拉里·金，CNN成立至今30年来，他主持的"拉里·金直播"成功播出了25年，并被"吉尼斯世界纪录大全"收录为世界上持续时间最长的晚间电视谈话节目，节目影响了几代美国人，拉里·金本人也被美国《时代》杂志称为"麦克风霸主"。

　　这个世界上永远没有两片完全相同的树叶。人生行路，也难免会遇到诸多的挫折与磨难，但最关键的一点是历经失败而绝不气馁。每个人都不是一无是处的，像拉里·金一样，这个世界上，总有一条道路适合你。

# 成功就是"再试一次"

今天，我们都知道科比·布莱恩特是当今NBA呼风唤雨式的人物，是当今世界最伟大的球员之一。但是你一定不知道科比从普通球员到篮球巨星的质变过程中发生的故事。

科比出生在美国宾夕法尼亚州，从小就极富篮球天赋，这让他17岁便登陆NBA，成为NBA史上最年轻的球员。

但科比NBA生涯的开始并不顺利：在NBA的头两个赛季，他不能完全适应比赛的节奏，一直担当替补球员。但是科比并不气馁，他知道只有平时刻苦训练，提高自己的球技，才会有机会上场一显身手，因此他平时的训练异常刻苦，球技突飞猛进。只要比赛开始，他就坐在板凳上摩拳擦掌，随时准备上场。他坚信，只要机会来临，自己扬名立万的时刻就为期不远了。终于有一天，当教练觉得自己的球队缺乏突破时，突然想到了他。他期待的目光碰到了教练犹豫不定的眼神，一分钟后，当本方连续几次进攻未果后，他终于听到了期望已久的话：科比，你上！

俗话说，机会是留给有准备的人的。更何况临危受命的科比已经准备了很久，他从替补席一跃而起，甩下训练服，连热身都没做，几乎是飞进了场地。然而，不知是因为与队友配合陌生，还是过分紧张，他竟然一点也找不到比赛的感觉，训练中犀利的突破消失了，精准的传球也不见了，他在场上像梦游一样度过了余下的时间。他用余光偷偷瞄向场边，发现教练在不停地摇头，他在场上更加难以集中精神了。

一次难得的机会，一场糟糕的表现，不知道自己今后该怎么办。

那个周末，心情极度沮丧的他回到家中。父亲看了电视直播，没有多说什么，只是拍了拍他的肩膀说："如果有第二次机会，我相信你一定能成功。"他不清楚，父亲是在安慰他，还是真的这么认为。

回到球队，科比觉得无法面对教练，开始躲避教练的目光，但教练还是叫住了科比，对他说："孩子，忘掉不愉快的一切，我相信你总有爆发的一天。"他依旧不能确定，教练是否也在刻意安慰他。

那段时间，科比意志消沉，甚至怀疑自己是否还有机会，怀疑自己是否真的具有能力。然而，对篮球的热爱最终让他消除了所有怀疑，选择继续坚持。

他在训练中的状态一天好过一天，与队友的默契程度也与日俱增，终于有一天，他又听到了久违的两个字：你上！

这一次，他技惊全场，所向披靡；这一次，也使他走上了无比辉煌的巨星之路。

回顾这段历史，科比由衷地感悟到：当一个人没有把握住第一次机会的时候，并非意味着一败涂地，这时应重拾信心等待下一次机会。因为第二次机会不仅不会让你患得患失，还会让你拿出破釜沉舟的勇气，其力量是无与伦比的。

人生机会难得，失去一次固然可惜，但这并不意味着山穷水尽。真正的失去机会是你的心不想再给自己机会。

生活中常常会有这样一些规律：登山的难度不在于脚下开头的几千米，而在于即将登顶的几十米甚至几米；走出死亡沙漠的不一定是跑得最快的人，而是坚信自己能够活着走出去，并朝着一个方向坚定不移地走下去的那个人。人生的道路不可能一帆风顺，挫折与困难在所难免，但关键是当你多次努力后没有成功时，还能否继续坚持，再试一次？其实，再试一次，成功就会和你握手。

# 把斧子卖给总统

布鲁金斯学会创建于1972年，以培养世界上杰出的推销员著称于世。它有一个传统，在每期学员毕业时，设计一道最能体现推销员能力的实习题，让学生去完成。

克林顿当政期间，他们出了这么一个题目：请把一条三角裤推销给现任总统。八年间，有无数个学员为此绞尽脑汁，却最终都无功而返。克林顿卸任后，布鲁金斯学会把题目换成：请把一把斧子推销给布什总统。

布鲁金斯学会许诺：谁能做到，就把刻有"最伟大的推销员"的一支金靴子颁给他。鉴于前八年的失败与教训，许多学员知难而退。个别学员甚至认为，这道毕业实习题会和克林顿当政期间一样毫无结果，因为现在的总统什么都不缺少，再说即使缺少，也用不着他们亲自购买；再退一步说，即使他们亲自购买，也不一定正赶上你去推销的时候。因此，把斧子卖给总统是件不可能的事。

然而，在2001年5月20日，一名叫乔治·赫伯特的推销员却成功地做到了：他把一把斧子推销给了小布什总统。这是自1975年该学

165

会的一名学员成功地把一台微型录音机卖给尼克松以来，又一学员登上了如此高的门槛。

乔治·赫伯特对自己很有信心，他认为把一把斧子推销给小布什总统是完全可能的。因为布什总统在得克萨斯州有个农场，里面长着好多树。因此他信心百倍地给小布什写了一封信。信中说：敬爱的总统先生，有一次，我非常荣幸地参观了您的农场，发现那里长着许多矢菊树，有些已经死掉，木质已变得松软。我想，您一定需要一把小斧头，但从您的体质来看，小斧头显然太轻了，因此您需要一把不是非常锋利的老斧头，现在我这正好有一把，它是我的祖父留给我的，非常适合砍伐枯树。假若您有兴趣的话，请按这封信所留的信箱，给予回复……

后来，乔治·赫伯特果真收到了小布什总统15美元的汇款，并最终赢得了金靴子。

乔治·赫伯特成功后，布鲁金斯学会在表彰他的时候说：金靴子奖已空置了26年，26年间，布鲁金斯学会培养了数以万计的推销员，造就了数以百计的百万富翁，这只金靴子之所以没有授予他们，是因为我们一直想寻找这么一个人，这个人从不因为有人说某一目标不能实现而放弃；从不因某种事情难以办到而失去自信。

很多事实证明，"不可能"的事通常是暂时的，只是我们还没有找到解决他的办法。所以，当你遇到困难的时候，一定不要让"不可能"束缚你的手脚，有些时候，只要我们再向前迈一步，再坚持一下，也许"不可能"就会变成"可能"。

# 你不能同时坐两把椅子

帕瓦罗蒂是世界著名的意大利男高音歌唱家。他与多明戈、卡雷拉斯并列成为当今世界的三大男高音。他的音色十分的漂亮，在两个八度以上的整个音域里，所有的音他都能驾驭自如，唱起来均能迸射出明亮、晶莹的光辉，即使是被一般男高音视为畏途的"高音C"，他也能唱得清畅、圆润而极具穿透力。

1935年，帕瓦罗蒂出生于意大利摩德纳市郊一个并不富裕的家庭。虽然他的父亲只是一名面包师，但却极其酷爱音乐，是当地非常有名气的业余男高音。也许是遗传的原因，帕瓦罗蒂天生一副好嗓子，自幼就与歌声结伴。因此，他非常渴望自己能够到音乐学院深造。可是，命运却没有给他机会，他被一所师范院校录取了。

在师范学院里，他的成绩非常优秀，他完全可以成为一个优秀的中学教师。而且，在当时的意大利，中学老师也是收入稳定并且十分受人尊敬的职业。但是，帕瓦罗蒂却有另外的想法，他酷爱音乐，他希望自己能够成为一个歌唱家。

成为一个收入稳定的教师，是眼下就能够实现的人生目标，这对贫穷家庭的孩子来说是最现实不过的，而成为歌唱家却是遥远甚至不可即的幻想。帕瓦罗蒂犹豫了，他既不想放弃教师的职业，又不想放弃自己的理想。他拿不定主意，就去询问自己的父亲。

他的父亲，富有远见的老帕瓦罗蒂神情庄重地看着孩子，告诉他："孩子，人不能同时坐两把椅子，那样只会掉到椅子中间的地上。在生活中，你必须学会放弃其中的一把椅子。"

帕瓦罗蒂懂了：他领悟了父亲的教诲，果断地放弃了教师的职业，为自己选择了歌唱这把"椅子"。

1955年，20岁的帕瓦罗蒂开始学声乐。经过了7年的努力，经历了无数的失败和痛苦，1961年帕瓦罗蒂在阿基莱·佩里国际声乐比赛中，因成功演唱歌剧《波希米亚人》的主角鲁道夫的咏叹调，而荣获一等奖。同年4月，他首次在勒佐·埃米利亚歌剧院登台演出《波希米亚人》全剧，从此开始了他光辉灿烂的歌剧生涯。

1963年，他因在英国伦敦皇家歌剧院顶替前辈大师斯苔芳诺演出而大获成功，1964年他进入名耀世界的米兰斯卡拉歌剧院，从此一举成名。1967年，在纪念杰出音乐家托斯卡尼尼诞辰一百周年的音乐会上，他被卡拉扬挑选担任威尔第的《安魂曲》中的独唱。此后，这颗歌剧巨星在世界冉冉升起，光华四射，引人注目，成为当代最佳男高音。1972年，他在纽约大都会歌剧院与萨瑟兰合作演出了《军中女郎》，在演唱剧中的一段被称为男高音禁区的唱段《啊！多么快乐》时，帕瓦罗蒂连续唱出9个带有胸腔共鸣的高音C，震动了国际乐坛。

当人们问起帕瓦罗蒂成功秘诀的时候，帕瓦罗蒂总是这样告诉人们：不论是砌砖工人，还是作家，不管我们选择何种职业，都应有一种献身精神。无论你选择哪把"椅子"，坚持不懈是关键。选定一把"椅子"吧。

做任何事都必须有耐心，这是获得成功的重要前提。有追求的人不可避免地会遇到各种困难和打击。在逆境中，要培养出不怕困难、不屈不挠、坚持到底的意志。坚强的意志只有在困境中炼就。

# 成功背后的味道

"假如他当初失败了，屈服了，那他在人们的眼里，不过是个疯子。幸而他成功了，所以他是个天才。"

美国橡胶工业之父、发明家查尔斯·古德伊自传里的这句话，道破了世态炎凉，也是他饱尝人生酸甜苦辣的真实写照。

19世纪初，世界的橡胶工业刚刚起步。但是，着手研究橡化工生产的人已经为数不少，过了不惑之年的古德伊也加入了这一行列。十分贫困的他，向朋友借了一笔钱，建立了自己的实验室，将近半年的时间，他一直扎在实验室，工作、起居、饮食都在这间小屋里。

半年后，朋友借给他的钱全部用完了。实现没有办法了，只能节衣缩食，一日三餐也不得不改成一日两餐，甚至一日一餐。每日每时，他都感到饥饿难捱，但他依然忍着头晕眼花的折磨，埋头继续试验。

一天，古德伊做完了一个失败的实验，觉得实在难以支撑，然而，此刻连一块黑面包也没有了，口袋里也翻不出一分钱。于是，他头重脚轻地往外走，想去讨点儿饭吃。不料，由于过度劳累饥饿，头重脚轻，稍不留神，脚下一滑，桌子上的一瓶硫酸被碰到了地上摔碎了。

古德伊忘记了饥饿，蹲下身来，心疼地看着宝贵的液体迅速地在地上扩散。近乎绝望的时刻，他突然发现，硫酸浸润了一块放在地上的橡胶块，把这块像铁似的橡胶块变得十分柔软，连颜色也变成污黑色。

古德伊大喜过望，激动得失声痛哭，制胶的新方法终于找到了。然而，成功的发现并没有给古德伊带来好运气。他在朋友的帮助下，用他的新技术生产邮袋，结果，橡胶袋子全变成了碎片。为此，他不但赔了一大笔钱，而且投资试产厂家的老板还恶毒地嘲笑他、咒骂他，将他的行李扔到大街上。此后，他便露宿街头。一次，偶然碰到一个二十多年前的熟人，便来到她的店里，从当伙计到佣人，什么活都干，几个月下来，他的衣袋里有了一些积蓄，又开始了他的试验。

又过去了四年。古德伊简直无法回忆这四年里他失败了多少次，多少次被人赶出大门。只记得在最后的那些日子里，家徒四壁，连儿子上学的书，都被用来换了钱。一家人勉强地活着，他自己夜以继日地苦干，终于研究出一种切实可靠的制胶方法：硫化橡胶法，即用高温加硫磺处理橡胶，并因此获得专利。

古德伊成功了，硫化橡胶法的问世是美国橡胶工业开始的转折点。美国早期的橡胶制品中，有一大半是古德伊发明的，他的专利费高达30万美元，成了人人瞩目的富翁。

一个成功者的背后都有一连串的酸甜苦辣，他们都经历过困境的磨难。但只要拥有伟大的意志力，就能经受各种艰难困苦的考验，才能取得最后的成功，才能在取得成功之后，仍然保持着自己的追求。

# 做好平常事

在篮球场上，最令人激情澎湃的时刻，无疑是雷霆万钧的扣篮。比赛中的精彩扣篮，更是能调动队友和观众的情绪，在那一刻，完成扣篮的队员无疑成为场上最闪亮的明星，可以尽情享受观众的欢呼和喝彩。

篮球场上的传奇巨星迈克尔·乔丹就是一名出色的扣篮手，他曾以一个不可思议的、在罚球线上起跳完成飞行扣篮的动作荣膺"扣篮王"的称号。在篮球场上完成高难度的扣篮表演一时成为众多篮球选手追求的目标。

有一次，乔丹比赛后回到家中，看到院子里篮球架上的篮筐被调低了20厘米左右，上中学的儿子正在兴致勃勃地练习扣篮。他径直把篮筐调回到原处，然后告诉一脸困惑的儿子："扣篮并不是最重要的，你需要做的是练习投篮。"儿子反驳道："投篮是太平常的事了。我想像您一样成为全场瞩目的明星。"乔丹笑了："任何一个年轻选手，凭借出色的爆发力都可以完成漂亮的扣篮。但你想过没有，在篮球场上，篮下站满了人，对手很少会留给你扣篮的机会。况且，如果你想像我一样，打球打到40岁，就必须打下坚实的投篮基本功。因为篮球选手一旦过了30岁，爆发力和体力都大不如前，纯粹靠身体和扣篮吃饭的选手，他的篮球生涯不会长久。"事实的确如此，与扣篮相比，乔丹令人印象更为深刻的是后仰跳投，命中率之高令防守队员无可奈何，这也是当时乔丹铸就公牛王朝的"撒手锏"。

当今NBA赛场上如日中天的超级明星科比也是一位疯狂练习投篮的选手。科比选择的是24号球衣，因为他认为，一天有24个小时，对他来说，这意味着每天都要集中精力，不能有丝毫的疏忽与懈怠。有一年夏天，他右手骨折，但是伤痛也无法阻止他训练，他开始尝试用左手投篮，整个夏天，他本可以到海边度假，但他带伤进行了非常艰苦的训练，在训练馆里用左手投中了一万个进球。天道酬勤，以往比赛的最后几秒，科比的绝杀都是用右手，而现在他用左手也可以投中关键球。

现在许多年轻人都渴望一夜成名，但如果仅靠凭空想象，不过是黄粱一梦，即使灵光一现，也注定只会是一颗流星。像乔丹和科比那样，脚踏实地做好平常的事情吧！日积月累之下，就必定会收获不平常的人生。

一个人要想成就一番事业，必须要有坚持不懈的毅力，只有坚持下去才能成功。其实，有些时候克服困难并不是一件非常困难的事，最难的是日复一日、年复一年的坚持，直到最后成功。如果我们能够做到这一点，无论最后成功与否，我们也已经不同凡响了。

# 第八辑
# 用爱捂住耳朵

　　爱是心灵的内在品质，只要它在，我们在生活中的每一处和每一个人身上就都能看到善。

　　爱是一种施与，不计回报的意愿。施与爱，可以从我们身边的任何一个人、一件事开始。施与爱并不是追求多愁善感或他人的奉承，它是一种表达爱心、善意、支持、关怀、慈爱的自然态度与行为。只有乐于施与，我们的智慧才能不断增长；只有善于施与，我们的心灵才会变得高尚。

　　爱是一种感恩，是爱的至高境界。感恩是一种能量的流动，当你以感恩的心态献出爱，一种不期然的爱又会回馈与你，我们的心灵也会变得丰满。心怀感恩、知恩图报，我们的生活才会变得多姿多彩，我们的心灵才会更加清澈、宁静。

　　在生活中，我们要拥有一颗感恩的心，感谢大自然的恩赐，感谢生活中所享受的一切，感谢人生道路上的种种经历，这样我们的生活才会变得更加美好。

哪里没有尊重，哪里就没有爱；哪里没有怜悯、没有同情、没有宽恕，哪里就没有爱。人不可以没有同情心，同情心可以使人变得可亲可敬，变得高尚无私。一个没有同情心的人，是冷酷残忍的；一个没有同情心的世界，是冷漠可怕的。因此，只有同情，才是强有力、温暖、生动活泼的感情。雪莱说："道德中最大的秘密是爱。"我们的灵魂因为心中有爱而存在。哪里有爱，哪里才有希望。因为，爱是一种生长的力量。

# 传递幸福，传递爱

一位名人说："困苦人的日子都是愁苦；心中欢畅者，则常享丰宴。"意思是说：在幸运与不幸面前，人们心中习惯性的想法往往占有决定性的地位。

周一早晨，151路巴士在寒冷的街道上行驶着。芝加哥的冬天很冷，乘客们都在自己厚厚的冬衣里瑟缩着，无人顾及车窗外的街景，也无人开口说话，只有单调的汽车发动机声响过街道。

当车行驶到密歇根大街时，突然一个人打破了寂静，他大叫一声："听着，大家都听着。"人们被这突如其来的声音吓了一跳，纷纷吃惊地抬起了头。"各位，是我在讲话，我是司机。"车厢里的人们依然无人发言，只是疑惑地盯着司机的后脑勺。大家发现这辆车的司机是一位黑人小伙子。人虽然年轻，但是说话时却带着一种毋庸置疑的语气。

"请各位把你们手中的报纸都收起来，全都收起来!"他命令道，"对，把报纸叠好放在自己的膝盖上。"

"很好!现在，请你们面向自己旁边的人，请大家都照做!"

依然无人说话，不过倒是所有的乘客都傻乎乎地按他的话做了。

紧接着，年轻的司机又像军事教官似的下了一个指令："现在，请所有的人跟我一起说：'我很幸福!'"

车厢里所有的人真的都像在教室上课的小学生一样，都跟着年轻的司机面对各自身边的陌生人说出了这句话，显然，很多人都感到颇为胆怯和羞涩。不过，在大家面对面地说完这句话后，都露出了会心的微笑。刹那间，每个人都松了一口气，这句话虽然很普通，却让所有的人感到前所未有的轻松和愉快，车厢里的欢笑声此起彼伏——这是这些乘客在其他巴士上从未听到过的笑声，他们真的感受到了巴士上前所未有的幸福。

在151路巴士上，年轻的司机每次都像上述那样让乘客们跟着自己的话说自己很幸福。一次，在巴士即将到站时，一位乘客问他为什么总要这样做，小伙子说："因为这样做我感到很快乐。在我看来，幸福就是一种积极的心态，生活中的每一个人都应当以一种积极的心态来面对每一天，面对每一件事，这样，我相信每个人都会真切地体会到幸福与快乐!我很高兴我可以做到这一点，我希望我的乘客都能过得很幸福。"

乘坐过这路巴士的乘客都非常欣赏这位年轻的黑人司机，他们感谢他。因为这位年轻人不仅把他们埋在报纸里的脸放在了自己旁边人的对面，还给了大家一个启示：幸福其实是件很简单的事，只要我们以一种积极的心态去面对生活。

如果每天早晨，当你睁开眼睛的那一瞬间便心存美好的期盼，这种想法将对你产生积极的作用，它会帮助你面对即将遇到的任何事，甚至可以把困难与不幸转化为幸福与快乐。相反，如果你一开始就给自己这样的暗示："事情不会进行得顺利。"那么，从这一刻起，你就已经开始给自己制造不幸了。而所有关于"不幸"的因素，不论大小都将围绕着你。

时刻注意培养自己的愉快之心吧，把幸福作为一种美好的期盼来不断加大其内存，努力把我们的生活办成一场又一场高潮不断的欢宴。时刻给自己一个暗示：传递幸福就是传递爱。

# 施与爱，施与力量

　　一个人乐于帮助他人，乐于对他人的生活或境遇伸出援手，何乐而不为呢？助人者天助。自觉地通过我们的思想、言谈、行动施与爱，也有助于我们自己成为爱的引力场。弗洛姆说："爱的本质是施与，而不是被动接受。施与什么？施与自己的生命力，以自己的全身心的爱的能力去引发另一个人爱的能力。所以说，爱就是生产爱的能力。"

　　在美国南北战争期间，时任美国总统亚伯拉罕·林肯经常去医院慰问在战斗中受伤的士兵。一天，林肯又一次来到了医院。在病房里林肯看见了一名浑身是血的士兵，医生告诉林肯这名士兵的伤太重了，他即将死去。

　　林肯走到他的床边，问道："我能为您做些什么事情吗？"

　　士兵压根没有认出林肯，他费力地低声说道："您能给我的母亲写封信吗？"

　　林肯非常爽快地答应了下来。当笔和纸准备好后，林肯开始认真地写下了那个重伤的士兵说出来的话："我最亲爱的妈妈，在我履行我的义务的时候，我负了重伤，恐怕我不能再回到您的身边了，请不要为我悲伤，代我吻一下玛丽和约翰。上帝保佑您和父亲。"

士兵虚弱得不能再继续说下去，所以最后林肯替他签了名，在后面又加上了一句："亚伯拉罕·林肯为您的儿子代笔。"

士兵要求看一眼信，当他看到最后一行字不禁惊呆了，问道："您真的是总统先生吗？"

"是的，我是。"林肯平静地回答士兵，接着又轻声地问道，"我还能为您做些什么吗？"

"您能握住我的手吗？"士兵请求道，"我希望，这会帮助我走完剩下的时光"。

在这个寂静的病房里，高大的总统握着士兵的手，温和地看着他，心中默默地祈祷，直到死神降临。

爱是一种力量！施爱有些时候其实非常简单，就在举手投足之间，可得到爱的一方是多么的幸福和欣慰。奥修曾经说过，施与爱是一种很真、很美的经验，因为这样你就能成为一个爱的国王，而不是爱的乞丐。因为爱是我们心灵中永不枯竭的源泉有你想给多少，你就有多少，不用担心爱会枯竭。

# 给生命一个微笑

只知奋斗而不知享受生活的人其实很可怜，只知享受而不知奋斗的人其实很可悲，而为了一些得失连命都丢了的人则更可悲。

拿破仑·希尔是美国也是世界上最伟大的励志成功大师，他创建的成功哲学和十七项成功原则，以及他永远如火如荼的热情，鼓舞了千百万人，因此他被称为"百万富翁的创造者"。

1883年，拿破仑·希尔出生于美国阿巴拉契亚山中的一个贫穷家庭。小时候的拿破仑·希尔是一个非常淘气的孩子。有一天，他和几个朋友一起在密苏里州西北部一间荒废的老屋的阁楼上玩。当他从阁楼爬下来的时候，先在窗栏上站了一会，然后往下跳。他左手的食指上带着一个戒指。当他跳下去的时候，那个戒指非常凑巧地刮住了一根钉子，把他整个手指拉脱了下来。

希尔被这突然袭来的事情吓坏了，他尖声地叫着，以为自己这次死定了。可是后来一只手残废的他并没有为这个烦恼过，因为他知道烦恼是没有用的，他很快就接受了这个现实。

有一年，拿破仑·希尔在纽约市中心一家办公大楼里开会，他突然发现给大楼开电梯的人左手被砍断了。他仿佛找到了自己的患难兄弟一样，问他少了那只手会不会觉得难过，可那个人说："噢，不会，我根本就没有想它。只有在要穿针的时候才会想起这件事情来。"

也许我们这些有着正常、健康躯体的人很难体会残疾人的痛苦。而他们在不能改变现状的情况下，都会很快地坦然接受现实，或者干脆忘记它。因为他们非常清楚，要想获得正常的生活，就必须渐渐淡忘这痛苦，如果他还有明澈的思想，看透世界与人生，就要微笑面对别人投来的异样的眼光。

生活充满了苦乐、顺逆，我们必须适应它！这就是笑对人生的力量。

给生命一个微笑。无论你是伫立在成功的顶峰，还是徘徊在失败的低谷，无论你是在为爱而陶醉，还是在为恨而伤怀。

给生命一个微笑。微笑着的人并非没有痛苦，只不过他们把痛苦锤炼成绚丽的诗行；微笑着的人并非没有挫折，只不过他们把挫折当作前进的起点。

给生命一个微笑，我们便拥有了人生中无可比拟的美丽和洒脱。

天道无私，有一得必有一失，有顺境也必定会有困境，所以奉劝大家，不要在意一时的得失。如果你的得失对你不是性命攸关的话，又何必去牵肠挂肚呢？此时展现你的笑容，笑对人生才是最好的选择。

# 铃儿永远响叮当

　　约翰·皮尔彭特是一个非常普通的美国人。19世纪，他毕业于美国的著名学府耶鲁大学。大学毕业后，遵照祖父的愿望，他成为了一名教师。他的未来生活看上去平稳而又充满希望。

　　然而，命运似乎有意捉弄他。皮尔彭特对学生总是爱心有余而严厉不足，他的这种教育方法为当时保守的教育界所不容，结果不得不结束了自己理想的教师生涯。但他并没有气馁，依然对生活充满了信心。通过自己的不懈努力，不久以后他当上了律师，准备为维护法律的公正而努力。但让他没想到的是，正是他的这一美好愿望，最终毁掉了他的律师事业。在当时的美国律师界流行着"谁有钱就为谁服务"的原则，然而作为律师的皮尔彭特却对这个"金科玉律"非常排斥。他会因为当事人是坏人而推掉找上门来的生意，结果把优厚的酬金让给了别人。相反，如果是好人受到不公正的待遇，他不仅不辞辛苦地为之奔忙，甚至很多时候都免费为他们服务。这样一个另类，律师界怎么会容忍。他们用尽很多办法排挤、诋毁皮尔彭特，万般无奈之下，皮尔彭特只好辞去了律师工作，成为了一名纺织品推销商。然而，他并没有从过去的挫折中吸取教训，根本没有意识到市场竞争的残酷性，在谈判中总是处于下风，让对手大获其利，而自己只落得个吃亏的份儿，于是只好再改行。

职场上的屡战屡败，皮尔彭特这次真的开始反省了：也许自己的确不适合职场上的这种尔虞我诈，应该从事一些净化人灵魂的工作。因此，他最终选择了牧师作为自己的职业。皮尔彭特原以为牧师将是他的最终职业，但是命运似乎又和他开了一个玩笑。在做牧师期间，他因为支持禁酒和反对奴隶制而彻底得罪了教区信徒，狂热的信徒将他赶出了教堂。

1886年，皮尔彭特先生去世了。他这一生，应该可以说一事无成。也许我们会问，从皮尔彭特失败的一生中，我们到底能学到什么？是教训吗？

答案在皮尔彭特去世的第二年给出了。

1887年冬天，在华盛顿州的山谷中，天空晴朗，屋外的积雪厚达3英尺，天气寒冷。雪橇已经准备好了，挂在红缰灰马上的铃铛摇动不停，叮当作响。很多人和朋友结伴一起出发了，一路上留下了这样的歌声："冲破大风雪，我们坐在雪橇上，快奔驰过田野，我们欢笑又歌唱，马儿铃声响叮当，令人心情多欢畅……"

这首《铃儿响叮当》的歌曲作者，就是皮尔彭特先生。在一个圣诞节的前夜，作为礼物，他为邻居的孩子们写了这首歌。歌中没有耶稣，没有圣诞老人，有的只是风雪弥漫的冬夜，穿越寒风的雪橇上清脆的铃铛声，还有一路欢笑歌唱、不畏风雪的年轻朋友们的美好的心灵。

皮尔彭特先生或许没有想到，他一生中偶一为之的作品，竟产生了如此巨大的影响，竟那么撼动人心，被越来越多的人传唱。在今天，它已成为西方圣诞节里不可缺少的一部分。

这与他个人的人生遭遇产生了强烈的反差，说明了什么呢？

生活在某一时刻里，出于种种因素，虽然可能抛弃怀抱美好思想的人，但生活不会抛弃美好的思想。皮尔彭特先生没有因为个人的失意而放弃自己的理想，始终相信人生和世界都应该美好。他没有随波逐流，他在谋生的各个行业里都被品行不如他的人挤走了，但这并不说明他的理想和追求没有价值。今天，他的歌声凝固在人们的心灵深处，正是最有力的证明。

生活不可能是一帆风顺的，我们总会遇到这样或者那样的困难。甚至在有些时候，出于某些特殊的原因，生活环境甚至会抛弃怀抱美好思想的人，但是生活本身不会抛弃美好的思想。所以，无论任何时候，无论遇到什么困难，我们可以失败，可以改变，但是都不要放弃我们心灵深处的那份最原始的美好。

# 在帮助人中寻找快乐

助人者得助。乐于帮助别人，当你有需要帮助的时候，别人就会主动来帮助你。帮助别人等于帮助自己，在他人困难的时候给予帮助，平时的小小善举，关键时候也会起到意想不到的效果。

乔伊斯在美国的律师事务所刚开业时，连买一台复印机的钱都没有。移民潮一浪接一浪涌进美国时，他接了很多移民的案子，经常在半夜的时候被唤到移民局的拘留所领人。他开着一辆破旧的车，在小镇间奔波。经过多年的不懈努力，他的事业得到了很大的发展，业务迅速扩大。

然而。天有不测风云，一念之差，乔伊斯将资产用于投资股票，几乎亏尽。更不幸的是，岁末年初，移民法再次修改，职业移民名额削减，他的律师事务所顿时门庭冷落，几乎快要关门大吉了。

正在此时，乔伊斯收到了一家公司总裁的来信，信中居然说：要将公司的30%股权转让给他，并聘他为公司和其他两家分公司的终身法人代理，他根本不敢相信这是真的。

为了证实这件事的真伪，乔伊斯决定登门拜访。

写信的总裁是一个四十开外的波兰裔中年人，他微笑地看着乔伊斯说："你还记得我吗？"

乔伊斯一脸茫然地摇了摇头，对于眼前的这个人，他的确一点印象都没有了。总裁微微一笑，从硕大的办公桌的抽屉里拿出一张皱巴巴的5美元汇票，上面夹的名片上，印着乔伊斯律师行的地址和办公电话。

总裁接着缓缓地说道："10年前，在移民局，我在排队办理工卡，当时人很多，我们在那里拥挤和争吵。当轮到我的时候，移民局已经快关门了。当时，我不知道申请工卡的费用涨了5美元，移民局不收个人支票，我身上没带钱，如果我再拿不到工卡，雇主就不会雇我了。就在这个紧急关头，你从身后递了5美元上来，我要你把地址留下，以后好还钱给你，你就把你的名片给了我。"

乔伊斯也慢慢想起了这件事，但是仍将信将疑地问："后来呢？"

总裁继续说道："后来我就在一家公司工作，很快我就发明了两个专利，并成为了这家公司的总裁。我到公司上班后的第一天就想把这张汇票寄出，但是，我却一直没这么做。我一个人来到美国闯天下，经历了许多冷遇和磨难。这5美元改变了我对人生的态度，所以，这张汇票是不能这么随随便便就寄出去的……"

乔伊斯做梦也没有想到，多年前的小小善举竟然获得了这样的回报，仅仅5美元就改变了两个人的命运。

人的一生不可能一帆风顺，难免会碰到困难，这时候最需要的就是别人的帮助，你在这个时候及时伸出援助之手，那么你的帮助无疑就成了最珍贵的东西，这种雪中送炭的帮助会让原本无助的人记忆一生。

# 两枚硬币里的同情心

1945年10月，男孩出生于巴西伯南布哥州的一个农民家庭。因家里穷，从4岁起，他就得到街上贩卖花生，但仍衣不蔽体，食不果腹。上小学后，他常和两个小伙伴在课余时间到街上擦鞋，如果没有顾客就得挨饿。

12岁那年的一个傍晚，一家洗染铺的老板来擦鞋，三个小男孩都围了过去。老板看着三个孩子渴求的目光，很是为难。最后，他拿出两枚硬币说："谁最缺钱，我的鞋子就让他擦，并且支付他两元钱。"

那时擦一双皮鞋顶多20分钱，这十倍的钱简直是天上掉馅饼。三双眼睛发出异样的光芒。

"我从早上到现在都没吃东西，如果再没钱买吃的，我可能会饿死。"一个小伙伴说。

"我家里已经断粮三天，妈妈又生病了，我得给家人买吃的回去，不然晚上又得挨打……"另一个小伙伴说。

男孩看了看老板手里的两元钱，顿了一会儿，说："如果这两元钱真的让我挣，我会分给他们一人一元钱！"

男孩的回答让洗染铺老板和两个小伙伴大感意外。

男孩说："他们是我最好的朋友，已经饿了一天了，而我至少中午还吃了点花生，有力气擦鞋。您让我擦吧，我一定让您满意。"

老板被男孩感动了，待男孩擦好鞋后，他真的将两元钱付给了男孩。而男孩并不食言，直接将钱分给了两个小伙伴。

几天后，老板找到男孩，让男孩每天放学后到他的洗染铺当学徒工，还管晚饭。虽然学徒工工资很低，但比擦鞋强多了。

男孩知道，是因为自己向比自己窘困的人伸出援手，才有了改变命运的机会。从此，只要有能力，他都会去帮助那些生活比自己困难的人。后来他辍学进入工厂当工人，为争取工人的权益，他21岁加入工会，45岁创立劳工党。2002年，他提出"让这个国家所有的人一日三餐有饭吃"的竞选纲领，赢得了选民的支持，当选总统。2006年，他竞选连任，又再次当选总统，任期4年。

8年来，他践行"达则兼济天下"的承诺，使这个国家93%的儿童和83%的成年人一日三餐都得到了食物。而他带领的巴西也从"草食恐龙"变成了"美洲雄狮"，一跃成为全球第十大经济体。

他就是2010年底任期届满而卸任的巴西前总统卢拉。

同情心是善良心所启发的一种感情反应。聪明人都应该明白一个道理，帮助自己的唯一办法就是帮助别人。只有当你给朋友以帮助的时候，你的精神才能丰富起来。

# 幸福藏在你的心里

小确幸，即微小而确实的幸福。这是日本著名作家村上春树发明的一个词。虽然每一枚"小确幸"的持续时间只有3秒钟到3分钟不等，但它们却能深入浸润我们的生命。村上说："没有小确幸的人生，不过是干巴巴的沙漠罢了。"他认为让生命熠熠发光的，不是一夜暴富的狂喜，而是"小确幸"的日日累积。

幸福其实离我们每一个人并不遥远，它就在你的眼前，在你的身边，而最为重要的一点就是：每个人都有属于自己的幸福。幸福尽管如同随时可见的阳光，但有些人却把目光投向别处，遗憾的是有些人身在福中却丝毫感受不到幸福。

一位成功的商人带着儿子到一家餐馆用餐，餐馆里有一位琴师正在演奏。商人遗憾地告诉自己的儿子："当年我也练过琴，但后来选择了经商。如果选择继续练琴，那么我今天就可以坐在钢琴旁边为大家演奏了。"儿子反驳道："爸爸，如果您当年选择了练琴，那么您今天就没有机会坐在这里欣赏音乐了。"

有一次，俄国作家索络古勒看望托尔斯泰时说："你真幸福，你所爱的一切都有了。"托尔斯泰马上纠正说："我并不是具有我所爱的一切，只是我所有的一切都是我所爱的。"人们都渴望"有我所爱"，岂不知，"爱我所有"才是最大的幸福。

这是发生在我们日常生活中一个非常普通的故事。

这是一个平常的清晨。公交车停下，上来一位老者，他六十左右的年龄，慈眉善目的笑模样儿，站在车门的台阶上，边投币边大声说："今天真是太好了，刚出门不用等，就坐上了公交车！就跟坐出租一样。"看他表情，仿佛一出门就能遇到公交车是一件多么幸运的事，车上的人都侧目微笑，微笑着看他神采奕奕的脸，是啊，一出门不用等就来了公交，等同于乘坐出租了。

过了两站，还是那位老者，屁股刚在一空座上坐稳，又上来一位更老的老者，一看年龄就比他大得多，先前的老者赶紧站起来让座，嘴里不停地说："您坐，您坐，我还年轻。女士优先。"车上有人笑出声来，多可爱的老头儿，豁达、知足、懂得感恩、乐于助人，与这样的老者同车，是我们一车人的福气。

车开开停停，乘客越来越少。离终点站还有两站的时候，老者一回头，见车上只有我们两个乘客了，呵呵笑了一下，说："还有人陪我到终点站。"我也笑说："真荣幸，成了我们俩的专车了。"

"百鸟在林，不如一鸟在手。"幸福就是你手心里的那只鸟，好好珍惜，不要等手心里那只鸟飞走了，才遗憾自己没有好好把握曾经属于自己的幸福。幸福的脚步很轻，很多时候我们在他行了很远才知道我们曾经见过它，所以我们要时常提醒自己抓住幸福。

一杯淡水、一盏清茶可以品出幸福的滋味；一片绿叶、一首音乐可以带来幸福的气息；一本书籍、一本画册可以领略幸福的风景。幸福不仅在于物质的丰裕，幸福更在于精神的追求与心灵的充实。幸福是为了心中的目标而努力拼搏的过程。